투신전기 5권

초판1쇄 펴냄 | 2020년 10월 19일

지은이 | 새벽검
발행인 | 성열관

펴낸곳 | 어울림 출판사
출판등록 / 2009년 1월 23일 제 2015-000062호
주소 / 경기도 고양시 일산동구 무궁화로 43-55, 801호 (장항동, 성우사카르타워)
TEL / 031-919-0122
FAX / 031-919-0127
E-mail / 5ullim@hanmail.net

ⓒ2020 새벽검
값 8,000원

ISBN 978-89-992-6849-6 (04810)
ISBN 978-89-992-6693-5 (SET)

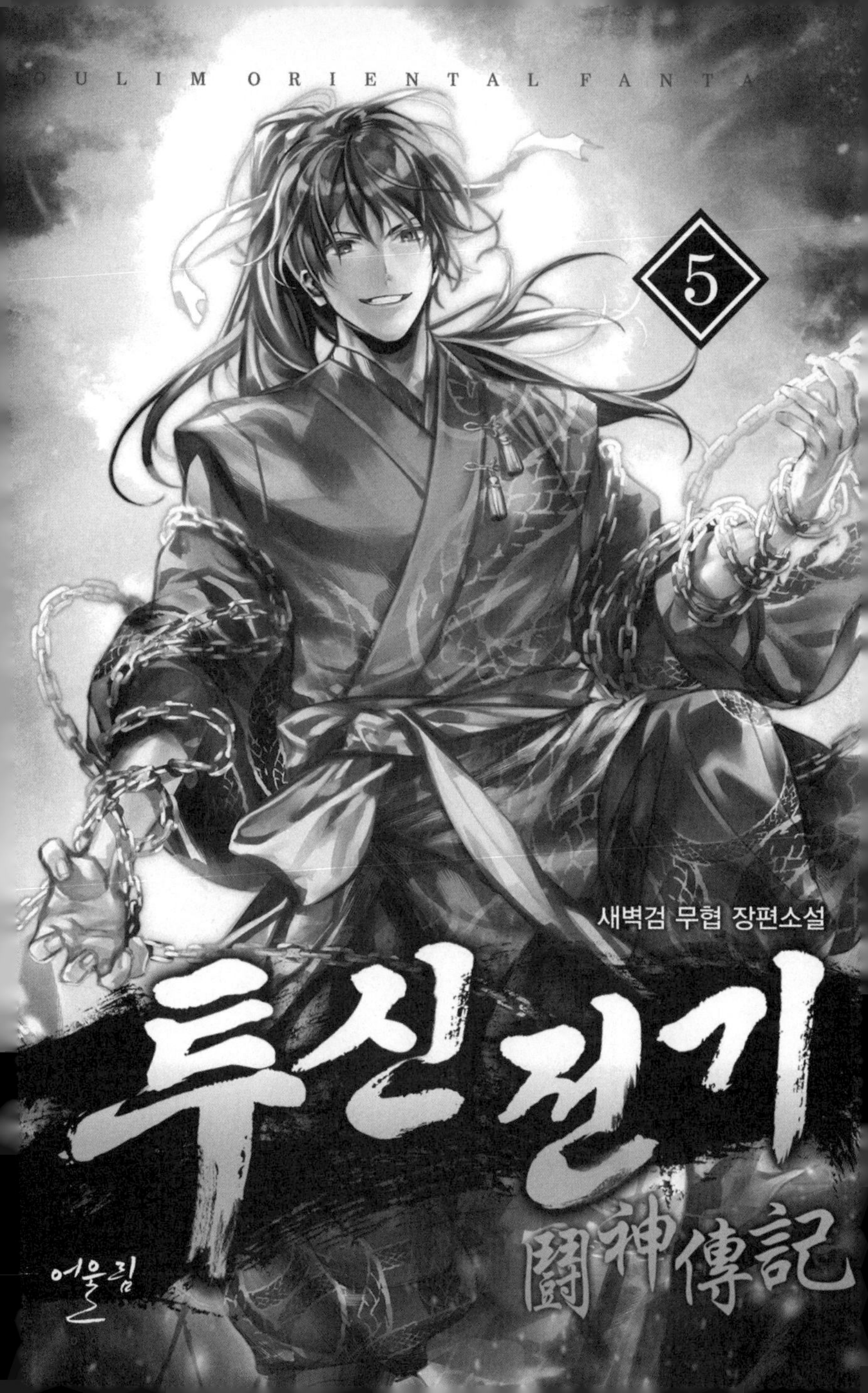
OULIM ORIENTAL FANTA
5
새벽검 무협 장편소설
투신전기
鬪神傳記
어울림

목차

투신의 조건

"제가 혹시 많은 것을 바란 것입니까."

차갑게 가라앉은 구황천의 목소리에 혁우운은 쉽사리 고개를 들 수 없었다.

그의 몸에 새겨진 크고 작은 상처들을 눈에 담고 있던 구황천은 가벼운 한숨과 함께 한손으로 머리를 쓸어 올렸다.

"제가 혁 단주에게 바란 것은 오로지 마교주를 가두어두길 바란 것뿐입니다."

"죄송합니다."

"할아버님의 심검에 당한 것이니 그 녀석은 무공을 펼치지 못할 겁니다. 하지만 투신의 제자이니만큼 투령무일체라는 투신의 무공을 알고 있죠. 그게 무슨 뜻인지 알고 계십니까?"

"제 3의 투신이 생길 가능성이 있습니다."

"맞습니다. 그러니 저희는 항상 투신의 탄생을 경계해야 하는 셈이죠."

혁우운은 구황천의 말에 반박할 수 없었다.

무림맹 내부에 첩자가 있다고 해도, 사악교의 시월현과 은요가 자신을 방해 했다곤 해도 마교주가 무림맹 외부에 존재하는 비밀감옥에서 탈출한 것은 사실이었기 때문이었다.

'오히려 대환단을 먹인 게 독이 되었군.'

맹주인 구황천의 부탁으로 태무선을 살리기 위해 대환단을 사용한 것이 결국엔 독이 되었다.

만약 태무선을 살리지 않고 죽였다면 위험요인을 존재하지 않았을 것이다.

"마교주의 생존 사실은 알리지 마세요."

"그래도 괜찮으시겠습니까?"

혁우운이 의외의 결정이라는 듯 놀란 듯 묻자 구황천은 여전히 굳어진 얼굴로 고개를 끄덕였다.

"마교주는 과거의 무위를 더 이상 보여주지 못할 겁니다. 그러니 마교에서는 후대를 위해서 투신의 육성에 힘을 쓸 것이고, 제 아무리 뛰어난 재능이 있다곤 해도 투신을 하루아침에 만들 순 없습니다."

"태무선이 살아 있다는 것은 의미가 없다는 말씀이시

군요."

"그렇습니다. 우리가 경계해야 할 것은 제 3의 투신일 뿐 태무선이 아닙니다. 게다가 마교에서는 투신이 만들어지기 전까진 중원에 모습을 드러내지 못할 겁니다. 그러니 최대한 빨리 마교를 찾아내어 그들의 뿌리를 뽑아내야겠죠."

구황천은 자리에서 일어섰다.

"마교는 과거에서부터 지금까지… 그리고 앞으로도 계속 무림맹을 넘어서지 못할 겁니다. 제가 그렇게 만들 것이고요."

"물론입니다."

자리에서 일어선 구황천은 자신의 발아래에서 조용히 지나가고 있는 벌레를 발끝으로 짓눌러 죽였다.

"태무선……."

* * *

[무림맹! 제 2의 정사대전에서 대승을 거두다!]

새로운 벽보가 중원 곳곳에 붙었다.

그 내용으로는 무림맹이 마교와의 싸움에서 대승을 거두었다는 것이고, 제2의 정사대전이라고 하기엔 싸움조차 일어나지 않았지만, 무림맹은 이를 정사대전이라 칭했다.

덕분에 중원무림에서는 마교의 부활을 크게 신경 쓰지

않고 머릿속에서 마교라는 존재를 잊어갔다.

물론, 제2의 정사대전에서의 사상자는 0명.

중원에 모습을 드러낸 마교는 건물과 장원만을 불태웠을 뿐, 실제로 이 싸움에서 죽은 이는 아무도 없었다.

"몸은 괜찮으신가?"

"지금은 안정을 취하고 있네."

태무선의 치료를 마친 뇌우명이 손에 묻은 물기를 마른 천으로 닦아내며 산중객잔 1층에 놓인 의자에 몸을 앉혔다.

그리고 그의 앞에는 뇌우명의 축용술을 끝내고 원래의 자신으로 돌아온 야차율이 앉아 있었다.

태무선이 안정을 취하고 있다는 말에 한시름 놓게 된 사강목이 고개를 숙인 채 옅은 미소를 띠었다.

'역시 지강천님의 제자. 쉬이 돌아가실 분이 아니지!'

죽은 줄 알았던 태무선의 생존은 사강목에겐 어둠 속 한 줄기의 빛과 같았다.

끝나버린 줄 알았던 마도천하, 마도의 부활을 다시 한 번 꿈꿀 수 있게 된 것이다.

그러나 뇌우명의 표정은 밝지 못했다.

"목숨은 건졌어. 하지만 구황목의 심검이 주요 혈도를 자르고 단전을 뭉개놨기 때문에 원래대로 돌아갈 수 있을지 없을지는… 나도 장담할 수 없어."

"원래의 교주님으로는 돌아갈 수 없다는 말씀이십니까?"

"상대는 검신이야. 검신이 죽으려고 휘두른 심검이니 살아 있는 것조차 기적이지."

뇌우명의 말이 사실이었다.

검신에게 직접 당해본 야차율은 뇌우명의 말뜻을 정확히 이해했다.

검의 극의를 넘어서 신의 경지에 올라선 구황목이 자신의 전심전력으로 다한 심검이었으니 태무선이 살아 있는 건 그야말로 기적이었다.

"만약 저 녀석이 투령무일체를 배우지 못했다면 이마저도 회복하지 못했을 거야."

"하긴 그렇군요……."

사강목의 눈빛이 복잡해졌다.

"저자가 네가 선택한 새로운 마교의 교주이더냐."

그때 잠자코 앉아 있던 야차율이 사강목을 향해 말을 건네자 사강목이 고개를 끄덕이며 야차율을 향해 고개를 들었다.

"네. 저분이 지강천님의 단 하나뿐인 제자라는 것을 알게 된 후… 저는 저분에게 마교를 맡기려 했습니다."

"단순히 그 이유뿐이더냐. 저자가 지강천의 제자이기 때문에?"

"……."

사강목은 쉽사리 대답할 수 없었다. 그러자 야차율이 말을 이었다.

"그것만이 아니겠지."

사강목이 대답을 하지 못하자 야차율은 고개를 들어 태무선이 잠들어 있는 객실을 향해 눈을 돌렸다.

*   *   *

  "기어코 살아남았구나."
  익숙한 목소리에 눈을 뜬 태무선은 자신의 앞에 서 있는 고집스러운 얼굴을 한 노인을 발견했다.
  "살아남았는데 왜 스승님이 보이는 겁니까?"
  "그거야 네가 지금 꿈을 꾸고 있기 때문이지."
  "개꿈이군요."
  "쯧!"
  어느새 자신의 앞으로 다가온 지강천이 주먹을 들어 태무선의 머리를 쥐어박았다.
  겉으로 봤을 땐 단순한 가벼운 주먹질이었으나, 태무선은 지강천의 주먹질에 머리를 얻어맞는 순간 땅에 처박혔다.
  "으으……!"
  실제로 꿈인 건지 고통은 느껴지지 않았으나, 대신 무력감이 들었다.
  '꿈에서도 난 이 망할 노인네를 이길 수 없는 건가.'
  지강천의 강함이 뇌리에 깊숙이 박혀 있는 탓인지 태무선은 꿈에서조차 지강천을 어찌할 수 없었다.
  할 수 없이 땅속에서 기어 올라온 태무선은 어느새 넓적

한 바위에 걸터앉아 있는 지강천을 향해 다가갔다.

"살아남았습니다. 대신, 움직이는 것조차 힘듭니다."

태무선은 옷을 풀러 자신의 가슴을 가로지르는 구황목의 심검이 남긴 검상을 보여주었다.

이를 지켜보던 지강천은 아무 말도 하지 않았다.

한동안 지강천의 대답을 기다리던 태무선은 옷을 도로 묶으며 한숨을 푹 내쉬었다.

"하긴, 이건 제 꿈이니 제가 모르는 것을 스승님도 모르시겠죠."

태무선은 옷을 여미고 지강천의 옆에 앉았다.

여긴 자신의 꿈속이니 자신이 모르는 것은 지강천도 모르는 것이 당연했다.

고개를 들어 하늘을 올려다보던 태무선에게 침묵을 지키던 지강천이 입을 열었다.

"좋지 않으냐."

"뭐가 말씀이십니까."

"이렇게 앉아 있으니… 얼마나 한가롭고 평화로우냐."

지강천 답지 않은 얘기였으나 태무선은 그의 말에 동감하며 하늘을 유랑하는 구름들을 감상했다.

비록 꿈이었으나 서늘한 바람과 청명한 하늘 그리고 하얀 구름들을 보고 있자니 마음이 평안해지는 듯 했다.

"너는 이 평화를 포기하고 마교의 교주가 될 자신이 있느냐."

지강천의 질문이 끝이 나기가 무섭게 태무선의 세상이

변했다.

청명한 하늘엔 먹구름이 가득차기 시작했고, 주변엔 불길이 치솟았다.

코끝에서 느껴지는 것은 살갗이 타들어가는 냄새와 짙은 피비린내. 들려오는 것은 무인들의 처절한 비명소리와 병장기들이 어지럽게 부딪치는 소리였다.

평화와는 거리가 먼 전쟁터. 싸움의 중심에서 태무선은 자신의 주변으로 다가오는 수많은 무인들을 바라봤다.

얼굴이 존재하지 않는 무인들은 검을 치켜들고 태무선을 향해 노골적인 투기와 살의를 드러냈다.

"앞으로 네가 걸어가야 할 길은 혈로다. 피와 살점이 난무할 것이고, 수많은 이가 네게 원망과 저주를 쏟아낼 것이다. 평화를 포기하고… 교주의 길을 걸어갈 수 있겠느냐."

태무선은 고개를 다시금 들어올렸다.

자신의 앞에는 상상도 하기 싫은 전쟁터가 펼쳐져 있었고, 자신의 등 뒤에는 평화로움이 가득한 풀내음과 선선한 바람이 불어왔다.

"어느 쪽으로 걷겠느냐. 선택은 오로지 네 몫이다."

고민은 없었다.

태무선은 피가 흐르는 전장을 향해 발을 내디뎠다.

"후회하지 않겠느냐."

"후회하겠죠."

"그럼에도 그 길을 걸어갈 생각이더냐."

"네."

태무선은 불길 속으로 그리고 혈로를 밟으며 나아갔다.

"왜냐."

전장으로 향하고 있는 태무선을 향해 지강천이 물었다.

"왜 보장된 평화를 저버리고 전장으로 향하는 것이냐."

"제가 지켜야 할 것들은 그곳에 없습니다."

태무선은 전장에서 자신의 적에 맞서 용맹히 싸우고 있는 사강목과 마중혁 그리고 은섬을 바라보며 말했다.

"제가 지켜야 할 것은 모두 이곳에 있습니다."

꿈에서 깬 태무선은 자신의 옆에서 부릅뜬 눈으로 자신을 내려다보고 있는 노인을 발견했다.

"누구⋯⋯."

"야차율. 탈혼귀영대의 대주다."

"탈혼귀영대?"

"마교의 교주라면서 탈혼귀영대조차 모르는 것이냐."

태무선은 솔직하게 고개를 끄덕였다.

무림맹이나 마교도 제대로 모르던 태무선이 마교의 정예 조직인 탈혼귀영대를 알 리가 없었다.

야차율은 그럴 줄 알았다는 듯 고개를 가로저은 후 입술을 뗐다.

"지금 네 상태는 어떻느냐."

"글쎄⋯ 삼할 정도 되는 것 같네요."

태무선은 주먹을 쥐었다 폈다를 반복한 후 자신의 몸을

점검했다.

소림의 대환단의 절반가량을 전부 흡수했고, 투령무일체의 공력이 몸을 보전했다. 그럼에도 검신의 심검은 태무선의 신체를 엉망진창으로 만들기에 충분했다.

대환단의 힘과 뇌우명의 의술을 합쳤지만 태무선은 자신의 무력이 삼할밖에 남지 않았음을 깨달았다.

"그 몸으로는 검신을 이길 수 없을 테지."

"네."

태무선은 순순히 인정했다.

자신의 몸이 정상이었을 때에도 검신은 이길 수 없었다.

압도적인 검신의 무공에 태무선은 별다른 반격조차 가하지 못하고 쓰러졌다.

"상대는 검신이었다. 현시대에 가장 강한 무인이지. 네가 패배한 것도 어찌 보면 당연한 일."

야차율은 자신의 몸에 여전히 남겨져있는 검신의 흔적을 매만졌다.

"무인은 싸움을 통해서 경험을 쌓고 승패를 통해서 성장한다. 때로는 패배가 더 많은 성장의 양분이 되어준다. 자기 자신의 부족함을 깨닫는 순간이기 때문이며, 패배를 극복해냈을 때 무인은 신체뿐만이 아니라 정신 또한 성장하게 되지."

패배는 무인에게 훌륭한 자양분이 되어준다.

야차율이 태무선의 가슴에 새겨진 검신의 상처를 지그시 바라봤다.

"하지만……."

태무선과 야차율의 시선이 서로를 향했다.

"너는 그럴 수 없다. 그래서는 안 된다."

"……."

"마교의 교주가 된 이후로… 투신의 제자가 되어 새로운 투신이 된 이후로. 너는 절대로 패배해서는 안 된다. 그게 바로 수장의 역할이며 투신의 역할이다."

야차율의 목소리가 격양된 듯 점점 커지기 시작했다.

"상대가 누구든 마교의 교주는 패배해서는 안 된다! 그것이 대마교의 우두머리가 가지는 역할이며 의무이다. 그러니… 다시는 패배하지 말거라."

말을 마친 야차율은 뒤로 두 걸음을 물러선 후 바닥에 엎드리며 태무선을 향해 절을 올렸다.

"사강목이 네게 자신의 모든 것을 맡겼듯 나 역시 네게 내 모든 것을 맡기겠다."

"나를 교주로서 인정하겠다는 말입니까."

"다시는 패배하지 않겠다. 투신이 되겠노라 내게 말해준다면 나는 기꺼이……."

야차율이 바닥을 향하던 고개를 들어 태무선의 눈을 마주했다.

"그대의 검이 되겠소."

"……뭐."

잠시 조용히 야차율을 지켜보던 태무선이 자신의 뒷머리를 긁적이며 말을 이었다.

"마음대로 하시오. 대신, 앞으로 내 싸움의 끝은 이기거나 죽거나 둘 중 하나입니다."

태무선의 얘기를 들은 야차율은 심장이 두근거렸다.

"그래도 괜찮다면."

태무선이 어깨를 으쓱이자 야차율은 어금니를 강하게 깨물었다.

과거, 마교의 교주가 된 지강천은 전장으로 떠나며 야차율을 향해 말했다.

'따라오겠다면 말라진 않겠다.'

지강천은 경쾌하게 웃었다.

'대신 나는 절대 물러서지 않는다. 이기거나 죽거나. 내 싸움은 언제나 이기는 자와 죽는 자밖에 없으니, 죽을 각오가 되어 있으면 따라와라.'

싸움과 죽음 앞에서 당당한 이 남자에게 자신의 모든 것을 걸기로 마음먹은 야차율은 그로부터 십년 후 탈혼귀영대의 대주가 되었다.

'흑선과 사강목이 왜 이런 애송이를 믿고 있는지 이해할 수 없었네. 하지만 이제는 알 것 같군.'

야차율은 흑선이라 불리는 뇌우명과 흑도마수 사강목이 어째서 이 애송이에게 마교를 맡겼는지 이해할 수 없었다.

그러나 태무선에게서 지강천의 모습을 본 야차율은 그제야 알게 되었다.

'이 자는 투신이 될 자다.'

야차율은 다시 한 번 고개를 숙이며 말했다.

"소인 야차율. 마교의 교주님을 뵙습니다."

탈혼귀영대의 대주 야차율, 두 번째 교주이자 투신이 될 자신의 새로운 주군에게 충성을 다짐했다.

태무선은 격식을 차린 채 충성을 맹세하는 야차율을 보며 머쓱한 표정을 지었다.

"이건 아무리 봐도 익숙하지 않단 말이야."

* * *

"솔직히 말하자면 지금 가장 중요한 것은 교주님의 힘을 되찾는 것이오."

야차율은 황룡산과 사강목 그리고 뇌우명을 한자리에 모았다.

"힘을 되찾을 방법이 있는 겁니까?"

사강목의 물음에 야차율의 시선이 저절로 뇌우명을 향했다. 그러나 뇌우명의 표정은 어둡기만 했다.

"후. 뭐… 모두 알다시피 상대는 검신이었네. 검신의 심검이 정확히 꼬맹이의 몸을 갈라놨단 말이지. 두 동강 나지 않았다는 것만으로도 기뻐해야 하는 거야."

"방법이… 정녕 없다는 말씀이십니까?"

"내가 아는 한으로는 없어."

뇌우명은 딱 잘라 말했다.

검신의 심검은 확실하게 태무선을 무너뜨렸고, 다시는 일어설 수 없게 만들었다. 최고의 의술을 가진 뇌우명조차 태무선을 힘을 되살릴 방법을 찾을 수가 없었다.

모두가 절망하고 있는 사이 야차율이 입을 열었다.

"한 가지 방법이 있네."

"방법이 있단 말이오?"

사강목과 뇌우명이 놀란 듯 야차율을 바라보자 야차율이 고개를 주억거리며 품속에서 자그마한 지도를 꺼내어 탁자 위에 올렸다.

"이건……?"

사강목이 지도를 보며 의아한 표정을 짓고 있을 무렵 뇌우명의 눈은 저절로 커졌다.

"설마 천마도(天魔島)인가?"

"그렇네."

"자네가 이걸 어떻게 갖고 있는 겐가? 천마도는 소실되었다고 들었는데……."

"소실될 뻔했지. 전대 교주님이었던 지강천님이 내게 갖다버리라며 주신 것이니… 하지만 나는 버리지 않았네. 이는 명령을 그르치는 일이기는 했으나 후대를 위함이었지."

"천마도가 무엇입니까?"

천마도를 모르는 사강목이 눈을 끔벅이며 묻자 뇌우명이 천마도의 위치가 상세하게 새겨진 지도를 손끝으로 매만지며 이야기를 시작했다.

"천마도란 말 그대로 천마가 탄생한 섬일세."

"천마가 탄생한 섬?"

지금까지 아무 말도 하지 않고 앉아 있던 황룡산이 처음으로 관심을 가지며 지도를 바라봤다.

"그래. 천마라 불리던 독무룡이 천마로 태어난 곳이라 하여 천마도라는 이름이 붙여진 섬이지. 하지만, 독무룡이 지강천님께 패배하며 천마도는 잊혀 지게 되었네."

과거, 지강천은 단신으로 마교를 찾아왔다. 그가 마교를 찾아온 이유는 간단했다.

"여기가 무림맹의 원수라지?"

당대 무림맹의 맹주였던 검황 구황목과 싸우기 위해서, 더 큰 무대를 만들어 최고의 전투를 치르기 위해 마교를 찾아온 지강천은 자신을 막아선 마교의 무인들을 처참하게 짓밟았다.

이윽고 지강천은 마교의 본단에 독무룡과 마주서게 되었고, 이틀에 걸친 싸움 끝에 천마 독무룡은 지강천의 앞에 무릎을 꿇었다.

"죽여라… 마교의 교주에게 패배란 있을 수 없……."

"주절거리지마. 어차피 그럴 거니까."

퍽―!

소리와 함께 머리가 날아간 독무룡의 시체가 높다란 계단을 따라 흘러내렸다.

강자존의 세계에서 혈혈단신으로 마교의 교주를 무너뜨린 지강천은 그날로 마교의 교주가 되었다.

그 후, 천마라는 이름은 투신 지강천에 의해 지워졌고,

천마도(天魔島) 역시 역사의 뒤안길로 사라지고 말았다.

그런데 사라졌으리라 여겨졌던 천마도의 위치가 새겨진 지도가 야차율의 품속에서 나온 것이다.

"독무룡의 말에 의하면 그는 자신의 모든 것을 천마도에 남기고 왔다고 했네. 그 말은 그를 천마로 만들어준 무공이 그곳에 숨겨져 있다는 말이지."

"하지만 교주님은 이미 투령무일체를 습득하셨습니다. 이제와 천마의 무공을 배울 수 있을 리가……."

"독무룡이 천마도에 갔을 때 그의 나이가 몇이었는지 알고 있는가?"

야차율의 물음에 사강목 대신 뇌우명이 대답했다.

"서른이 넘었을 때였지……."

"교주님은 이제야 겨우 약관을 넘기셨네."

"독무룡은 그 나이 때부터 하늘이 내려준 무골이라 불리던 자였네. 충분히 천마가 될 자격이 있는 사내였지. 그러나 꼬맹이의 몸은 정상이 아니야……."

뇌우명이 판단한 태무선은 천마를 넘어 능히 투신의 자리까지 올라갈 수 있는 재목이었다.

그러나 검신의 심검이 모든 것을 망쳐 놨다.

하늘에 닿을 만큼 높이 자라날 나무의 밑동을 쳐내버린 것이다.

"그건 모두가 알고 있는 사실이야. 허나 믿어볼 수밖에 없지 않은가. 우리의 교주님을."

그럼에도 야차율은 포기하지 않았다. 이는 사강목도 마
찬가지인지 그의 시선은 천마도의 위치가 새겨진 지도에
고정되어 있었다.

"천마……."

"게다가 천마도에는 신물이 잠들어 있네."

"신물이라면… 설마 천마신검을 말하는 겐가?"

"그래. 독무룡이 지강천님에게 패배한 후 그의 시신을
천마신검과 함께 천마도에 묻어두었네. 천마신검과 천마
의 무공. 지금 교주님에게 필요한 것은 바로……."

야차율이 모두를 둘러보며 말했다.

"천마의 모든 것일세."

* * *

"몸은 괜찮냐."

"괜찮습니다."

마중혁은 고개를 떨군 채 차마 태무선의 얼굴을 마주하
지 못했다.

그의 가슴에는 굵은 붕대가 여러 겹으로 감겨있었고, 그
사이로 새어나온 붉은 점은 그의 몸에 새겨진 깊은 자상을
나타냈다.

"살았으면 됐다."

태무선은 긴 얘기를 나누지 않았다.

그저 마중혁이 살아 있음을 확인한 후 자리에서 일어섰

고, 자리를 떠나려했다.

　태무선이 문을 열고 나가려고 할 때 마중혁이 그를 불렀다.

"교주님."

마중혁의 부름에 태무선이 발걸음을 멈추었다.

"잿머리… 그 녀석은 죄가 없습니다. 그러니…….'

"알고 있어."

　이 말을 끝으로 태무선은 문을 닫으며 자리를 떠났고, 홀로 남겨진 마중혁은 아직도 서늘한 칼날의 감촉이 선명하게 남아 있는 자신의 상처를 손끝으로 매만지며 입술을 깨물었다.

"망할 잿머리 녀석… 마지막에 그런 표정을 지으면 나보고 어쩌란 거냐."

　은섬의 단검이 자신의 가슴을 뚫고 튀어나오는 순간, 마중혁은 고개를 돌려 은섬의 얼굴을 마주했다.

　그녀의 얼굴은 무표정했지만, 은섬의 눈동자에서는 이루 말할 수 없는 슬픔이 느껴졌다.

　그렇게 마중혁은 알게 되었다.

　사람은 때때로 눈물을 흘리지 않고도 울 수 있다는 것을…….

"후…….'

　허전함과 답답함. 분노와 슬픔이 동시에 밀려왔다.

　마중혁은 머리를 벽에 기대며 두 눈을 지그시 감았다.

한편, 마중혁과의 대화를 마친 후 바깥으로 나온 태무선은 자신을 기다리고 있던 야차율과 사강목을 마주했다.

그리고 야차율은 태무선을 향해 한 장의 지도를 건네주었다.

"천마도라고?"

태무선이 의아한 표정으로 지도를 바라보며 묻자 야차율이 고개를 끄덕이며 답했다.

"그렇습니다. 천마 독무룡의 모든 것이 잠들어 있는 비밀의 섬입니다."

"이걸 왜?"

"이제부터 교주님이 가셔야 할 곳입니다."

"내가?"

"그렇습니다."

"왜……?"

태무선이 이해가 안 된다는 듯 묻자 야차율이 깊게 패인 주름이 담긴 미소로 환하게 웃었다.

"지금부터 교주님은 투신의 무공과 더불어 천마의 무공도 함께 얻으셔야 할 겁니다. 그래야지만 교주님은 검신께 대항할 수 있습니다."

야차율의 대답을 들은 태무선의 표정이 미묘하게 비틀어졌다.

투신의 무공을 습득하기 위해 십수 년을 고생했는데 이제는 천마의 무공을 얻고자 지도에도 나와 있지 않은 천고의 외지를 향해 가게 된 것이다.

"……안 갈수는 없겠지?"

혹시나 하는 마음에 내뱉은 물음에 야차율은 빙긋 웃었다.

"당연한 얘기를."

"하아……."

태무선은 야차율의 웃음이 참으로 악귀같이 느껴졌다. 하지만 어쩌겠는가. 패배한건 자신인데.

태무선은 창밖으로 보이는 청명한 하늘을 올려다보았다.

꿈에서 본 바로 그 하늘.

"괜히 앞으로 갔나……."

뜻 모를 얘기를 내뱉던 태무선은 뒷목을 긁적였다.

천마도

"으으… 정말 이 길이 맞는 거요?"

"왜 쫄았냐?"

"쪼, 쫄기는! 내가 이런 것에 겁을 집어먹을 사내로 보이냐! 쫄았으면 네가 쫄았겠지."

"하긴, 용맹한 장강의 사나이가 겨우 이 정도에 겁을 먹진 않았겠지."

"물론이다!"

당차게 대답하고 돌아선 해산문은 자신의 눈앞에 펼쳐진 어두운 바다를 바라보며 마른침을 삼켰다.

짙은 안개는 해수면을 타고 스물스물 올라왔고, 멀찍이

서 보이는 작은 섬에는 푸르름이라고는 전혀 느껴볼 수 없었다.

"정말로 저기가 사람이 살 수 있는 곳이냐?"

해산문이 갑판에 서서 묻자 황룡산이 안력을 돋우며 고개를 가로저었다.

"글쎄."

"저런 곳을 꼬맹… 아니, 태무선 혼자 간단 말이지?"

"천마도에 들어갈 수 있는 것은 단 한명. 마교의 교주뿐이라잖아. 그러니 태무선 홀로 들어가야지."

"얼마나 있어야 하는데?"

"천마의 무공을 모두 흡수 한 후에나 나올 수 있으니 딱히 기약이랄 게 없지."

"젠장."

해산문의 얼굴이 더더욱 어두워졌다.

그도 그럴 것이 천마도에 홀로 남겨질 태무선이야 알아서 잘 할 테지만, 자신은 정해진 기간에 맞춰 천마도에 찾아와 태무선의 상황을 지켜봐야 했다.

그가 천마의 무공을 습득했어도 천마도에서 빠져나오기 위해서는 해산문의 도움이 필요했기 때문이었다.

"그나저나 상단 일은 좀 괜찮으냐?"

황룡산이 히죽거리며 묻자 해산문의 얼굴이 단숨에 똥 씹은 표정으로 바뀌었다.

"닥쳐."

"듣자하니 장강수로채의 용맹한 수적들이 상인들이 되

었다던데?"

해산문이 황룡산을 죽일 듯이 노려봤다.

"하긴, 장강을 주름잡던 수적이니 상단일도 잘 할 테지. 어떠냐 대장선을 개조해서 멋들어진 상단선으로 만들었다던데 잘 나가더냐?"

"흥!"

해산문은 더 이상의 대화는 하기 싫다는 듯 쿵쾅거리며 계단을 내려갔고, 그의 뒤를 지켜보며 웃고 있는 황룡산의 곁으로 장호련이 다가왔다.

"너무 놀리지 마세요. 해 대협 덕분에 무림맹이 막아놓은 교역로에 활로가 생긴 셈이니."

"저 녀석은 예부터 표정이 풍부하니 놀리지 않을 수가 없소."

"그나저나 황 대협은 괜찮으신가요?"

"우리야 늘 정처 없이 떠도는 산적들이니 산채야 다시 지으면 그만이오."

태무선이 복귀 및 부활을 위해서 황룡산은 산적채를 산중객잔과 먼 곳으로 옮겼다.

또한 해산문은 수적질을 그만두고 비역만을 도와 상단선주의 역할을 톡톡히 해내는 중이었다.

이 모든 것은 태무선이 천마의 무공과 신물을 습득한 후 천마도를 빠져나온다는 전제하에 이루어지는 일들이었다.

"무림맹은 제 2의 정사대전을 승리했다며 더욱 위세를

드높이는 중이에요. 이 틈을 타 사악교는 호시탐탐 무림맹의 세력권을 잡아먹는 중이고요. 어쩌면⋯⋯."

"태무선이 천마도에서 나왔을 땐⋯ 이미 마교가 설 자리가 없을지도 모르겠구려."

"그럴 지도요."

"뭐, 어쩌겠소. 산적은 어디에서도 대우받지 못하는 존재이니."

황룡산은 상단선으로 탈바꿈한 해산문의 대장선을 쭈욱 둘러보며 말했다.

"그나마 즐겁게 놀 수 있는 곳에 있어야지."

*   *   *

"이걸 어쩐담."

천마도에 선 태무선은 자신의 옆에 놓인 삼년치의 육포와 벽곡단과 식수가 들어 있는 항아리들을 둘러보았다.

"뭘 어쩌라는 거지."

태무선은 뒷머리를 긁적이며 이제는 점이 되어 사라져가는 해산문의 상단선을 바라봤다.

마교의 새로운 교주인 태무선은 어째서 이 외딴섬에 홀로 버려진 걸까.

이 얘기를 해보자면 지금으로부터 약 반시진전으로 돌아가야 했다.

천마도에 도착한 야차율은 태무선에게 천마도에 도착했다고 일렀다.

"함께 가보시죠."

야차율의 안내에 아무런 의심도 없이 천마도에 상륙한 태무선은 푸르름은 눈 씻고 찾아봐도 존재하지 않는 흉도(凶島)를 둘러보았다.

푸르름이 없는 이 섬에선 생명의 흔적을 전혀 느껴볼 수 없었다.

말라비틀어진 나무와 흑색의 대지.

마치 모든 것이 불타버려 검게 그을린듯한 대지 위를 걷고 있는 태무선의 옆에서 해산문의 부하들이 열심히 뭔가를 날랐다.

그건 볏짚으로 포장한 육포와 벽곡단이었고, 식수가 들어 있는 항아리였다.

배의 난간에 선 야차율이 태무선을 내려다보며 말했다.

"여기가 천마도입니다. 그리고 식량은 삼년 치를 준비했습니다."

장호련이 준비해온 질 좋은 육포와 벽곡단이 한쪽에 쌓였고, 물을 담은 항아리가 함께 놓여 있었다. 혼자라면 능히 사년(四年)은 거뜬히 버틸 수 있는 양이었다.

"여기서부터는 교주님께서 홀로 움직이셔야 합니다."

"나 혼자?"

"그렇습니다."

"음."

태무선은 자신만을 내려놓고 배의 난간에 몸을 기대어 자신을 내려다보고 있는 야차율과 사강목 그리고 뇌우명과 황룡산 등을 바라봤다.

그들은 정말로 천마도에 내려올 생각이 없는지 난간에 몸을 기댄 채 태무선을 내려다보고 있었다.

"그럼 삼년 후에 뵙겠습니다. 그리고 교주님의 곁에 비매를 붙여두겠습니다."

야차율이 품속에서 작은 피리를 꺼내어 주며 말했다.

"이 피리를 불면 비매가 곁에 올 것이고, 비매에게 서신을 달아주시면 비매는 곧장 제게 서신을 가져다 줄 것입니다. 그럼, 삼 년 후에 뵙겠습니다. 부디 옥체 강녕하시기를……."

이 말을 끝으로 야차율은 매몰차게 배를 끌고 천마도를 떠나기 시작했다.

"나도 교주님과 함께 남겠습니다! 교주니이이임!"

멀리서 마중혁의 처절한 목소리가 들려왔지만 배는 도무지 멈출 기미 없이 천마도를 떠나갔다.

얼떨결에 천마도에 홀로 남겨진 태무선은 여기서 뭘 해야 하는지 듣지 못했음을 깨닫고는 멀어져가는 배를 바라봤지만, 이미 배는 떠난 후였다.

이제는 영락없이 자그마치 일 년 간 천마도에서 살아가게 된 태무선은 어둠만이 가득한 천마도를 응시하면 작게 한숨을 내쉬었다.

"별로 마음에 드는 곳은 아니네."

몇 개의 육포와 벽곡단을 챙긴 태무선은 음산함이 가득한 천마도를 향해 발걸음을 내디뎠다.

"정말로 천마도에서 교주님이 원래의 힘을 터득할 수 있을까요?"

"천마도는 평범한 섬이 아니다."

야차율은 팔짱을 낀 채로 앉았고, 그의 앞에서 불안한 눈빛을 띠고 있던 마중혁이 태무선을 홀로 천마도에 두고 온 것이 못내 마음에 걸리는지 자신의 도를 만지작거렸다.

"평범한 섬이 아니라니……."

"너는 못 느낀 것이냐?"

"예?"

옆에서 들려오는 사강목의 물음에 마중혁이 그게 무슨 말이냐는 듯한 얼굴을 하고 있자 사강목이 자신의 오른손목을 왼손으로 주무르며 고통스러운 표정을 지었다.

"천마도에 왜 홀로 들어가야 하는지 이제야 알 것 같군요."

사강목의 시선이 야차율에게 향하자 야차율은 고개를 끄덕이며 인상을 찡그렸다.

"천마도는 말 그대로 음기로 가득 찬 섬이다. 마공을 배운 이가 함부로 천마도에 발을 내디뎠다간 단숨에 마공에 사로잡혀 미쳐버리고 말지."

"확실히……."

사강목은 자신의 공력이 제멋대로 날뛰는 것을 제어하기 위해 안간힘을 썼다.

천마도에 직접적으로 발을 내디딘 것도 아니고 섬의 바깥, 배 위에서 태무선을 배웅한 것뿐이었는데도 그의 공력은 미친 듯이 날뛰었다.

"왜들 그러십니까?"

상황을 전혀 모르는 마중혁이 의아한 얼굴로 사강목과 야차율을 번갈아보자 사강목이 헛웃음을 지으며 말했다.

"아무래도 네 녀석은 기력이 많이 쇠해진 탓에 천마도의 영향을 받지 않았던 모양이구나. 기본적으로 마공을 기반으로 한 마교의 무공들을 배운 우리들은 천마도의 음기에 영향을 받을 수밖에 없다. 심지가 굳건하지 않은 자라면… 광기를 이기지 못하고 광인이 될 테지."

'탈혼귀영대의 대주인 야차율님과 사 장로님이 견디지 못할 정도라니 도대체…….'

마중혁은 천마도의 알 수 없는 기운에 몸서리쳐야 했다.

그리고 한편으로는 그런 곳에 홀로 남겨진 태무선이 걱정되었다.

"교주님이 배운 투령무일체는 마공이 아닌 겁니까?"

"아니, 내가 본 지강천님의 투령무일체는 그 어떤 무공보다도 더 광기가 넘치는 무공이다. 투령무일체는 심지가

약한 이가 배우게 된다면 광인이 될 정도로 위험한 무공이
지."

야차율의 설명을 듣고 있던 마중혁이 놀란 얼굴로 소리
쳤다.

"그렇다면 교주님이 광인이 될지도 모른다는 말씀이십
니까?"

"그럴지도 모르지. 투신의 무공은 기본적으로 광기에
가까우리만큼 충동적이고 폭발적인 기운을 담고 있으니
까."

"하지만, 교주님은 천마도에서 아무런 영향도 안 받는
것 같았는데……."

천마도에 홀로 내려선 태무선은 야차율과 사강목과는 달
리 아무렇지도 않은 얼굴을 하고 있었다. 천마도의 광기에
는 전혀 영향을 받지 않는 듯한 모습.

그러나 야차율의 얼굴은 여전히 어두웠고, 그는 고개를
가로저었다.

"지금의 교주님은 너와 마찬가지로 기력이 많이 쇠해지
신 상태다. 기력이 약할수록 광기에는 영향을 덜 받을 수
밖에 없지. 하지만, 힘을 되찾으면 되찾을수록 광기는 점
점 교주님을 집어삼키려 들 것이다."

"제길…! 차라리 지금이라도 제가 천마도로 돌아가겠습
니다. 작은 배라도 내어준다면……."

"그만둬라. 네 역할을 따로 있으니."

"제 역할이요?"

야차율이 호통을 치듯 말하며 일어선 마중혁을 도로 앉혔다.

"너는 비림의 살수를 이기지 못하고 쓰러졌다. 은섬이라는 그 꼬맹이의 재주가 아니었다면 너는 그곳에서 차가운 시체가 되었을 테고, 더 이상 교주님을 모시지 못했을 테지."

"……."

마중혁은 대꾸조차 할 수 없었다. 야차율의 말이 모두 사실이었기 때문이었다.

그가 그곳에서 살아남을 수 있었던 것은 어디까지나 그가 강했기 때문이 아니라, 순전히 은섬의 덕이었다.

"네놈은 마흉도로 불리는 강자로 군림했을 테지. 지금까지는 말이야."

"……강해져야 한다는 말씀이시군요."

"그래. 지금부터 네가 상대해야 할 자들은 지금까지와는 차원이 다른 강자들이다. 그러니, 교주님을 모시고 싶다면 그에 상응할 정도로 강해져라. 그것이 네 역할이다."

"알겠습니다."

고개를 숙이는 마중혁을 향해 야차율이 품속에서 얇은 책자를 꺼내어 던졌다.

바닥에 던져진 책자를 발견한 마중혁이 책자를 집어 들었다.

"이건?"

"탈혼귀영대의 부대주였던 참철마도 조철진의 비급서다."

"참철마도… 조철진!"

당대 최강의 도 검사 중 한명이었던 조철진의 참혼무영도의 비급서를 손에 쥔 마중혁은 심장이 마구 뛰고 있음을 깨달았다.

"강해져라."

단순하고 직관적인 명령.

마중혁은 참혼무영도의 비급서를 품속에 갈무리하며 한쪽 무릎을 꿇었다.

"존명."

* * *

"아직도 괜찮을지 모르겠군요."

사강목은 어두운 바다를 뚫고 나아가는 상단선 위에 서서 자신의 옆에 뒷짐을 지고 있는 야차율을 향해 질문을 건넸다.

"교주님이 괜찮으실지……."

짧은 순간이었지만 천마도에서 느낀 광기는 사강목의 마공을 예민하게 자극해왔다.

자칫 잘못했다간 주화입마를 넘어서 광인이 될 것만 같은 더러운 기분을 느낀 사강목은 주먹을 쥐었다 피며 얼굴을 굳혔다.

"두려우냐."

"두렵습니다."

"언젠가 내 주군이었던 지강천님에게 내가 이런 제안을 한 적이 있지. 당신은 마교의 교주입니다. 그러니, 웬만하면 뒤에서 마교의 무인들을 통솔하시는 것이 어떠냐고… 지금 생각해보면 참으로 건방진 제안이었다."

지강천의 얘기가 흘러나오자 사강목이 흥미로운 눈빛으로 야차율을 바라봤고, 야차율은 하늘에 뜬 달을 올려다보며 얘기를 이어나갔다.

"내 제안을 받은 지강천님은 나를 우습다는 듯 바라보더구나. 그리고는 마교를 향해 달려드는 정파의 무인들을 향해 발걸음 내디디며 말씀하셨다."

야차율의 눈빛에는 경외감이 느껴졌다.

"모든 무인들을 뒤로 물려라. 저것들은 내 먹잇감이다… 라고."

감히 투신이자 마교의 교주였던 지강천의 명령을 거부할 수 없었던 야차율은 마교의 무인들을 뒤로 물렸고, 이를 퇴각으로 착각한 무림맹의 무인들이 더욱 거세게 달려들었다.

바로 그 순간, 지강천은 홀로 무림맹을 향해 걸어갔다.

그리고는 자신을 향해 달려드는 수십, 수백의 정파 무인들을 향해 비릿한 미소를 지었다.

그의 눈빛에는 곧 벌어질 전투에 대한 희열과 광기가 느껴졌다.

"어쭙잖은 강함은 도전을 부르지만, 압도적인 강함은 경외를 부른다."

야차율이 아련한 미소를 지으며 사강목을 향해 고개를 돌렸다.

"지강천님은 오로지 싸움에서 자신의 의미를 찾는 분이셨다. 광기조차 즐기고 지배하였지."

"교주님도 지강천님처럼 광기를 지배해야 한다는 말씀이십니까."

"투령무일체라 그런 무공이다. 물러서지 않고, 도망치지도 않는다. 피하는 법도 막는 법도 배우지 않는다. 투령무일체는 오로지 상대를 부수고 짓밟는 방법만을 배우는 무공이다. 그야말로 미치지 않고서야 펼칠 수 없는 무공이지."

야차율은 이제는 보이지 않는 천마도를 향해 시선을 던졌다.

"광기를 지배할지 지배당할지는… 모두 교주님에게 달려 있다."

대화를 마친 야차율은 고개를 살짝 들어 어둑한 하늘을 올려다보았다.

수많은 별들이 제각기의 빛을 내고 있는 하늘을 보며 야차율은 생각했다.

'주군께서 선택한 아이였으니 저도 도박을 해보겠습니다. 삼년 후… 어린 교주께서 진정한……'

* * *

으적— 으적—!

질기지만 간은 잘 맞춰진 육포를 질겅거리며 반나절동안 천마도를 돌아다니던 태무선은 황량한 이 섬에는 찾아볼 것도 구경할 것도 없음을 깨달았다.

이제 남은 것은 천마도의 중심부. 태무선은 지체 없이 천마도의 중심부를 향해 걸어갔다.

이윽고 중심부로 들어온 태무선은 자신의 앞에 펼쳐진 엄청난 수의 계단을 내려다보았다.

계단은 대충 칼로 깎아 만든 듯 정돈되어 있지 않았고, 계단의 아래는 끝이 보이지 않을 정도로 아득했다.

발을 헛디디면 곧바로 죽음에 이를 정도로 깊은 동굴을 내려다보던 태무선은 벽곡단 두 개를 꺼내 입에 털어 넣었다.

"으! 맛없어."

영양은 만점이나 맛은 빵점인 벽곡단을 대충 씹은 후 태무선은 계단을 따라 내려갔다.

—으아아악!

"응?"

계단을 내려가던 태무선은 어디선가 들려오는 비명소리에 발걸음을 멈추었다.

—으악! 살려…줘!

─우리에게 왜 이러는 거야!

─제발… 제발!

처음엔 남자의 목소리였다가도 여자의 목소리로 변했다.

노인인 듯싶다가도 어린아이 같기도 한 목소리는 사방에서 울려댔다.

"어우 시끄러워."

태무선은 사방에서 들려오는 비명소리 때문에 양손으로 귀를 막은 후 계단을 내려갔다.

그러나 비명소리는 귀가 아닌 머릿속에서 울리는 듯 귀를 막아도 비명소리는 여전했다.

"막아도 소용없나."

귀를 막은 양손을 내린 태무선은 머릿속을 울리는 비명소리 때문에 인상을 찡그린 후 그냥 계단을 내려갔다.

셀 수 없이 많은 계단을 내려가는 것조차 귀찮은데 비명소리의 근원지를 찾아내는 귀찮은 일을 할 생각이 없었기 때문이었다.

사방에서 울려대는 비명소리를 가볍게 무시한 태무선은 약 두시진 동안 계단을 내려갔고, 그곳에서 거대한 벽을 발견했다.

벽에는 검을 새겨 넣은 듯한 수십 개의 구절들이 새겨져 있었고, 태무서은 이를 눈으로 훑어보다가 머리를 긁적였다.

"뭘 써놓은 거야?"

태무선의 앞에 놓인 거대한 벽과 그 안에 쓰여 있는 수십 개의 구절은 천마가 살아생전 새겨놓은 자신의 천마심결이었다.

만약 천마도에서 제정신을 유지한 무인이 있다면, 자신의 천마심결을 터득하게 한 후 천마의 무공을 배우게 하여 자신의 유지를 이어나가려던 독무룡이 만들어낸 평생의 역작.

근 백여 년의 시간이 흘러 새로운 마교의 교주가 독무룡이 남긴 그의 유지를 찾아왔으나, 새로운 마교의 교주인 태무선은 천마심결로부터 등을 돌렸다.

이유는 간단했다.

"더럽게 기네."

혹시나 새롭게 천마가 될 자가 무식할지도 모른다는 생각에 독무룡은 나름대로 구절들을 알아보기 쉽게 풀어놓았다.

그러나 이게 독이 될지 누가 알았겠는가. 아니, 새로운 천마가 이렇게 게으를지 누가 알았겠는가.

결국 독무룡이 남겨놓은 천마심결을 귀찮다는 이유로 돌아선 태무선은 동공의 중심부에 꽂혀 있는 검을 향해 다가갔다.

수십 년의 세월을 흘렀으나 여전히 날카로운 예기를 머금고 있는 마교의 신물. 천마신검이었다.

뭔가에 홀린 듯 천마신검에게로 다가간 태무선은 천마신검을 향해 손을 뻗었다.

*　*　*

"의외로군."

시월현은 여전히 잘 붙어 있는 자신의 목을 매만졌다.

마교주의 생사를 확인하지 못하고 사악교의 본단으로 돌아온 시월현은 교주의 앞에선 후 임무에 실패했음을 보고했다.

죽진 않더라도 큰 벌을 받을 거라 생각했지만, 교주는 생각보다 순순히 그를 돌려보내주었다.

이는 혁우운을 죽이지 못한 은요도 마찬가지였다.

"살아 있으니 된 건가."

시월현은 사악교의 주요 전력 중 하나인 다섯 상천 중 한 명이었다.

그러나 사악교주에게 다섯 상천이란 그가 갖고 있는 장기 말 중 하나일 뿐, 그 이상도 이하도 아님을 시월현은 잘 알고 있었다.

'교주에게 잘못보이면 목숨을 보전하기 힘들다.'

시월현은 목숨을 건졌음에 안도하며 몸서리쳤다.

'교주의 저 눈빛은 볼 때마다 소름끼치는군.'

아무런 감정도 생각도 느껴지지 않는 사악교주의 눈빛을 떠올리던 시월현은 불쾌한 표정을 지으며 앞으로 걸어 나갔다.

"네 목표가 뭐라고?"

"마교와 관련된 모든 이를 암살하는 것입니다."

어둠이 무겁게 깔린 지하 동굴에서 아랑단주인 백은섭은 은요를 앞에 두고 그녀의 임무를 상기시켰다.

여전히 무표정한 얼굴을 한 은요는 고개를 끄덕이며 자신의 임무를 다시 한 번 되뇌었다.

"마교와 관련된 이들을 모두 죽이겠습니다."

"그래. 너무 무리하진 말고. 제 아무리 엉망이 되었다곤 해도 마교는 마교야. 흑도마수가 건재하니까."

"알겠습니다."

"그래 닷새정도 휴식 후에 임무를 속행하도록."

"존명."

임무를 받은 은요가 어둠속으로 모습을 감추자 백은섭은 옅은 한숨을 내쉬며 교주와의 대화를 떠올렸다.

"부단주에게 임무를 내리겠다."

"하지만 그 녀석은 천기단주와의 싸움이 끝난 지 얼마 안 됐습니다……."

"마교와 관련된 모든 이를 암살하라 지시하도록."

"마교와 관련된 모든 이들… 마교를 상대로 암살 행을 시작하라는 말씀이십니까?"

"그래."

백은섭은 쉽사리 이해할 수 없었다.

이 중원에서 약관의 나이도 지나지 않은 젊은 살수가 천

기단주와 대등하진 못하더라도 비등하게끔 싸울 수 있겠
는가?

이것이 가능한 것은 오로지 은랑 일족의 유일한 생존자
인 은요가 유일했다.

그럼에도 더욱 놀라운 것은 은요는 아직 성장 중이라는
것이었다.

아직 꽃봉오리에 불과한 은요가 마침내 개화하게 된다면
비림과 사악교에서는 사상최강의 살수를 얻게 되는 것이
다.

그런데, 왜 교주는 은요를 자꾸만 사지로 내모는 걸
까?

"이해할 수 없다는 얼굴이로군."

"그렇습니다."

백은섭은 솔직히 대답했다.

"은섭… 아니, 은요는 은랑 일족의 유일한 생존자로 조
금만 더 가꾸면 사악교에 큰 복이 될 녀석입니다. 그런 녀
석을 자꾸만 사지로 내모는 것은…….”

"첫 번째로 내가 그 녀석을 혁우운에게 보낸 것은 시험해
보기 위해서다."

'시험?'

백은섭의 얼굴에 복잡한 빛이 떠올랐다.

"내가 듣기로 부단주는 그동안 새로운 마교의 교주 곁
을 지키며 그를 주군으로 모시고 있었다더군. 그러니
나는 부단주의 변절을 의심해야 했고, 충성을 시험해야

했다."

그제야 백은섭은 은요를 혁우운에게 보낸 이유를 알게 되었다.

'이 모든 게 시험이었나.'

혁우운에게 은요를 보낸 이유는 간단했다.

은요의 입장에서 태무선의 생사를 확인할 수 있는 유일한 방법은 혁우운을 마주하는 것이다.

만약, 은요가 아직도 태무선에 대한 충심을 갖고 있다면, 그녀는 어쩔 수 없이 태무선을 데려간 혁우운의 앞에서 감정적 동요를 보일 수밖에 없었을 것이다.

'그럼에도 은요는 태무선의 생사를 확인하는 것보다는 혁우운을 암살하려 노력했지, 게다가 시월현을 구하는 데에도 큰 일조를 했고.'

이정도면 충분하지 않았는가? 그럼에도 교주는 여전히 은요를 의심했다.

"그리고 이 두 번째 시험으로 은요는 완전히 아랑단의 부단주가 될 것이다. 은요를 통해 흑도마수의 목을 가져오도록."

* * *

비탈길을 따라 천천히 오르기 시작한 사내는 자신의 머리 위로 떨어지는 낙엽을 무시한 채 비탈길의 끝, 산의 중턱에 위치한 노즈넉한 나무집에 도착했다.

대청마루에는 노인이 나무 막대기로 자신의 어깨와 등을 두드리고 있었다.

"오랜만이로구나. 네가 수행원도 없이 홀로 이곳에 오는 것은……."

근 이년 만에 자신을 찾아온 못난 손자를 향해 시선을 돌린 구황목은 수행원하나 없이 자신을 찾아온 구황천을 바라봤다.

구황천은 느릿한 발걸음으로 구황목의 옆으로 걸어와 그의 옆에 앉으며 말했다.

"최근에 힘을 좀 쓰신 모양입니다."

"그랬었지. 꽤나 재미난 아이를 만났거든."

"어찌 하셨습니까."

"하늘에 닿을 만큼 높게 자라날 나무였고, 나는… 그 나무의 끝이 하늘을 찌르기 전에 밑동을 쳐냈지."

하늘은 무림맹을 뜻했고, 나무는 태무선을 뜻한다는 것을 깨달은 구황천은 가벼운 한숨을 내쉬며 말했다.

"그 나무에 저희가 물을 주었습니다. 꽤나 영양가 있는 물이었지요."

"그래서 싹이 돋아나더냐."

"꽤 잘 드는 도끼로 쳐냈는지 다시 자랄 기미는 보이지 않았습니다. 그러나 장담할 순 없지요."

나무는 끈질긴 생명력을 가졌다.

밑동을 쳐낸 나무는 살아남지 못할 테지만 여전히 뿌리는 남아 있었고, 그 뿌리는 살아남고자 열심히 영양분을 흡수했다.

"그래서 나무꾼께 여쭈려 왔습니다."

"무엇을 말이냐."

"투신. 그 자가 다시 제 앞에 나타날 수 있겠습니까."

구황천이 구황목의 두 눈을 마주하며 묻자 구황목은 대답대신 두 눈을 지그시 감았다.

'나의 심검은 정확히 그 아이의 몸을 베었다.'

혈도는 물론이요 단전도 망가졌을 것이다.

내공에 당한 상처는 일반 상처에 비해 낫는 것이 더디다.

그런데 검신의 심검이라면?

도저히 나을 수 없는 상처. 이제 영원히 투신이란 존재는 무림에 나타나지 못할 것이다.

그럼에도 구황목은 쉽사리 대답할 수 없었다.

'죽은 줄 알았던 지강천은 끝까지 살아남아 자신의 유지를 이어나갈 제자를 길러냈다. 이번에도 그러지 않으리란 보장은 없지.'

구황목은 하늘을 올려다보며 씁쓸한 표정을 지었다.

'아직은 내가 올라갈 때가 되진 않은 모양이구나.'

자신의 할 일이 아직 남아 있음을 깨달은 구황목은 나무 막대기로 자신의 어깨를 짓눌렀다.

"그 아이가 어떻게 살아갔느냐."

"무림맹의 비밀 지하 감옥에서 탈출하였습니다. 무림맹 내부에 마교의 첩자가 있었던 모양입니다."

"끌끌… 운이 좋은 아이로구나. 네가 그리 서투르지 않았을 텐데."

"천기단주에게 맡겼으나, 사악교가 중간에서 개입했습니다."

"사악교라… 그들이 마교의 교주를 구하려 들진 않았을 텐데."

"우연이 겹친 모양입니다."

"그렇구나."

구황목은 화를 내지 않았다. 그저, 생각을 알 수 없는 눈빛으로 허공을 응시하고 있을 뿐이었다.

"저는 이만 내려가 보도록 하겠습니다."

"조심히 내려가거라. 길이 험하니."

"예."

공손히 인사를 건넨 구황천은 올라왔던 길을 따라 내려가며 생각에 잠겼다.

'이걸로 검신이 움직이겠지.'

구황목은 자신의 아들인 구황기를 잃은 이후로 은거에 들어가며 더 이상 중원에 자신의 영향력을 행사하지 않았다.

물론 세간에는 구황기가 실종 혹은 수행을 위해 모습을 감췄다고 알려져 있으나 구황천은 자신의 아버지인 구황기가 더 이상 살아 있지 않음을 알고 있었다.

"검신이 움직였으니 마교도 쉽사리 움직이진 못할 테지. 투신은 검신에게 맡기고……."

눈엣가시였던 마교는 검신에게 맡겼고, 이제 남은 것은 사악교였다.

"점점 귀찮게 구는구나."

구황천의 발걸음에 점점 힘이 들어갔다.

* * *

"후우."

정좌를 틀고 앉은 태무선은 날숨과 들숨을 반복하며 운기조식을 진행했다.

티끌만큼 작았던 내공은 어느새 한줌이 되어 몸속 혈도를 이곳저곳 돌아다녔다.

뒤틀린 기혈을 되돌리기엔 다소 부족한 시간이었으나, 태무선은 끈기 있게 내공을 순환시키며 그동안 지강천에게 배웠던 모든 것을 떠올렸다.

그렇게 태무선은 약 한달 간 육포와 벽곡단을 씹으며 천마도에서의 생활을 이어나갔다.

'투령무일체의 10성에 이르기 위해서는 도대체 뭐가 필요한 거지?'

약 한달 간 그동안의 배움을 복기하던 태무선은 투령무일체의 완성을 위해 고심하고 또 고심했다.

그러나 8성에 이른 투령무일체는 10성은커녕 9성에도 달하지 못했다. 도대체 이유가 무엇일까.

지그시 감고 있던 눈을 뜬 태무선은 짧은 한숨을 내쉬며 주먹을 말아 쥐었다.

가벼운 바람이 일어 태무선의 손등을 간지럽혔다.

"어찌하면 좋겠습니까."

답을 받을 수 있을 리 만무하건만, 태무선은 하늘을 올려다보며 심술을 부렸다. 하지만 돌아오는 답은 역시나 없었다.

"망할 노인네."

지켜야 할 것도 돌려받아야 할 것도 많이 남았으나, 태무선이 갈 길은 여전히 많이 남아 있었다.

"으아아! 모르겠다!"

태무선은 대자로 드러누웠다. 물론 태무선의 게으름은 오래가지 못했다.

휘이익— 퍼억!

뭔가가 으깨지는 소리와 함께 짧은 비명소리가 들려왔다.

"음?"

대자로 누운 채로 눈을 뜬 태무선은 자신이 있는 곳에서 얼마 떨어지지 않은 곳에서 무인으로 보이는 한 사내가 온몸이 뒤틀린 채로 죽어 있는 것을 발견했다.

아마도 천마공의 입구에서부터 떨어진 것으로 보였는데, 천마도에서 사람을 한 번도 본적이 없는 태무선으로서는 의아한 일이 아닐 수 없었다.

게다가 천마도는 야차율이 갖고 있는 지도 외에는 위치가 알려지지 않은 비밀의 섬이 아닌가?

곧이어 천마공의 유일한 길이라 할 수 있는 나선형의 가
파른 계단을 따라 수많은 발걸음 소리가 들려왔다.

"뭐여?"

태무선의 시선이 나선형의 계단을 따라 올라갔다.

지옥의 섬

"후우… 후우……!"

태무선은 가파른 숨을 내뱉으며 자신의 앞에 서 있는 수많은 무인들을 바라봤다.

"으으… 으아아악!"

"크하학!"

괴성을 내지르며 각양각색의 무기와 무복을 입은 사내들이 태무선을 향해 달려들었고, 태무선은 주먹과 발을 이용해 무인들을 상대했다.

처음엔 그 수가 열명이 채 안되었는데, 시간이 지나면 지날수록 무인들의 수는 겉잡을 수 없이 늘어갔다.

"젠장 할."

짧은 욕지기를 내뱉으며 무인의 어깨를 박살 낸 후 머리를 잡아 땅에 처박은 태무선은 숨을 몰아쉬며 나선형의 계단을 따라 괴성을 내지르며 달려오는 무인들을 지켜봤다.

'이게 도대체 무슨 일이야?'

처음엔 자신이 미처 발견하지 못한 이 섬의 원주민이라 생각했다.

하지만 모습을 드러낸 사내들은 각자 문파의 상징이 새겨진 무복을 입은 채 무공을 펼치며 태무선을 공격했다.

그들이 평범한 무인들과 다른 점은 침을 흘리며 광기가 담긴 눈빛을 하고 있었다는 점이었다.

게다가 광기에 휩싸인 무인들은 물러서지도 태무선의 공격을 막지도 않았다.

마치 투령무일체의 광기에 사로잡힌 듯한 모습의 무인들은 괴성을 지르며 태무선을 향해 달려들었고, 그들의 사정을 봐주며 싸울 수 없었던 태무선은 무인들을 상대로 무공을 펼치며 대항했다.

그러기를 어언 반나절. 태무선의 온몸에는 크고 작은 상처들이 즐비했다.

피 칠갑을 한 태무선은 나선의 계단을 따라 끊임없이 내려오는 무인들을 올려다보며 이를 갈았다.

"그래, 한 번 죽어보자!"

검신에게서도 물러선 적이 없는 태무선이었다.

하물며 광기에 사로잡힌 무인들에게 겁을 집어먹고 도망칠 리가 없었다.

태무선은 발걸음에 힘을 주며 숨을 깊게 들이마셨다.

"후우웁!"

태무선의 발끝으로부터 가벼운 바람이 일어나기 시작하더니 이내 태풍이 된 바람결은 태무선의 다리를 타고 올라와 그의 머리까지 솟구쳤다.

"흡!"

태무선의 신형이 앞으로 내달렸다.

쾅— 쾅—!

한 번의 권격으로 수명의 무인들이 튕겨나갔고, 그들은 하나같이 온몸의 뼈가 으스러져 더 이상 일어설 수 없었다.

검기를 담은 검격이 태무선을 베려했으나, 태무선의 주먹이 그들의 검을 검신채로 박살냈다.

카강—!

검을 박살내며 앞으로 내달리던 태무선은 발바닥으로 정면에 서 있는 무인의 머리를 찍어 누르며 박살낸 후, 사방에서 날아드는 검신을 향해 주먹을 휘둘러 쳤다.

"큭!"

등을 베이고 허벅지에서 피가 튀어 올랐다.

그러나 멈출 순 없었다. 이대로 멈추는 순간, 정말로 끝임을 알고 있었기 때문이었다.

"후웁! 후웁!"

숨을 내쉴 때마다 피비린내가 느껴졌다.

그러나 태무선의 몸은 시간이 지나면 지날수록, 적들과의 전투가 길어지면 길어질수록 빨라지고 강해졌다.

"으아악!"

태무선의 발경이 동시에 세 명의 무인들을 꿰뚫었다.

"흐읍!"

발등으로 턱을 차올리고 뒷꿈치로 얼굴과 목을 박살냈다.

이렇게 많은 무인들과 이렇게 처절한 싸움을 하게 된 게 얼마만인가.

아니, 처음이었다.

그동안은 강자와의 일대일 생사투를 벌여왔을 뿐, 이토록 많은 수의 무인들과 목숨을 걸고 싸운 적은 없었다.

태무선과 정체불명의 괴인들의 싸움이 하루를 꼬박 넘기게 되었을 때 태무선은 백여 명의 가까운 무인들의 시체들 사이에 홀로 섰다.

"하아… 하아…….."

핏기가 담겨있는 숨을 내쉬며 한손으로 머리를 쓸어 올리자 검은 태무선의 머리카락사이로 피가 줄기처럼 흘러 내렸다.

"지겨워 죽겠네."

싸움은 아직 끝나지 않았다.

태무선은 천마공을 향해 다가오는 수십 명의 기척을 느끼며 이를 악물었다.

방금 전의 싸움을 통해 생긴 상처가 아물기도 전에 태무선은 두 번째 싸움을 준비했다.

죽은 무인의 무복을 잘라내어 양손에 감았다.

내공은 거진 바닥났고, 피를 너무 흘린 탓인지 몸이 무겁고 피로했으나 정신만큼은 그 어느 때보다 또렷했다.

"그래… 까짓것."

지강천은 투신이란 전장에서 그리고 전투 속에서 살고 죽는다고 하였다.

그를 통해 투신무를 배웠으니 태무선을 자신을 찾아온 삶과 죽음을 향해 발걸음을 내디뎠다.

* * *

"흐읍!"

마중혁의 도에서 수십 갈래의 도기가 뻗어 나와 순식간에 주변을 모조리 초토화 시켰다.

"하압!"

이걸로도 성에 차지 않았는지 마중혁은 허공을 박차고 날아올라 자신의 도를 휘둘렀고, 그의 도에서 붉은빛의 도기가 마치 붉은 비단처럼 주변을 베어나갔다.

'아직 멀었다… 아직이야!'

상승무공인 참혼무영도의 비급서를 손에 넣은 마중혁은 일년 간 쉼 없이 무공수련에 매진했다.

참혼무영도는 참철마도 조철진의 비전무공.

난이도가 상당한 무공이며 마흉도라 불리는 마중혁조차 쉬이 따라할 수 없는 무공이었다.

게다가 가장 문제가 되는 것은 바로.

"하악… 하악…! 제기랄… 뭔 놈의 무공이 내공을 잿머리가 밥 처먹는 것 마냥 처먹는 거야!?"

참혼무영도.

탈혼귀영대의 부대주인 조진철의 무공답게 참혼무영도는 과연 패도적이면서도 보이지 않는 참격을 가진 뛰어난 도법이었다.

하지만 문제는 엄청난 내공소모였다.

'이대로라면 육십 줄에 넘어서고서야 제대로 할 수 있겠네.'

마중혁도 이젠 사십 줄이 훌쩍 넘은 나이였다.

부지런한 내공단련으로 무공을 펼치는 것만으로 내공이 부족한 적은 거의 없었는데, 이놈의 참혼무영도는 내공을 잡아먹기가 은섬이 음식을 해치우는 속도와 비슷했다.

"후!"

구슬땀을 닦으며 허리를 곧추세운 마중혁은 선선히 불어오는 기분 좋은 가을바람을 맞으며 하늘을 올려다보았다.

"교주님은 잘 계시려나. 한 번쯤은 서신을 보내주실 만도 한데… 아니지! 교주님도 천마의 무공을 습득하느라 바쁘실 거야. 그러니 교주님이 나오시기 전에 달라진 나의 모습을 보여드려야 해!"

약해진 마음을 다잡으며 도에 쥔 손에 힘을 준 마중혁은 다시 한 번 참혼무영도의 도법을 떠올리며 가상의 적을 향해 도를 휘둘렀다.

한편, 객잔에서는 영업이 한창이었다.
"여기 소면 하나요!"
"간다!"
"소면 세 개 시켰는데 언제 나오는 겁니까?"
"간다고!"
한때나마 마교의 흑도마수로 불리며 정파 무인들의 공포로 군림하던 사강목은 머리에 천을 두르고 바쁘게 움직였다.
그의 손에는 소면이 담긴 그릇이 여럿 들려 있었다.
'젠장! 어쩌다 이렇게 된 거지?'
사강목은 지금 이 상황을 이해할 수 없었다.

처음엔 산중객잔의 위치를 옮기는 것으로 시작되었다.
비림으로 돌아간 은섬이 산중객잔의 위치를 알고 있었고, 그 외에도 산중객잔의 위치가 세간에 어느 정도 알려진 것을 우려한 사강목은 산중객잔의 위치를 옮겼다.
물론, 그 일을 위해서 산중객잔을 만들어낸 목수들이 다시금 불려 와야 했고, 그들은 목숨을 담보로 한 함구령을 받고서야 사강목에게서 풀려날 수 있었다.
그리하여 야심차게 새로이 지어진 산중객잔.

하지만, 문제가 하나 있었다.

"생각보다 지나다니는 사람들의 수가 많단 말이지?"

산중객잔은 사실 마교의 숨은 본거지이나 표면적으로는 산속에 지어진 객잔이었다.

그러다보니 보부상이나 나그네, 무인수행을 떠나는 무인들이 이따금씩 객잔을 방문했다.

사강목은 의심을 피하기 위해 간단한 음식을 배우는 게 어떻겠냐고 제안했고, 이들이 한 내기에서 뇌우명이 패배하게 되어 그는 노년의 나이에 요리라는 새로운 취미를 갖게 되었다.

그런데 한 가지 문제가 생겼다.

'흑선님의 손재주를 잊고 있었다…….'

의술이나 요리는 분야가 완전히 다르지만, 이를 제대로 해내기 위해서는 솜씨, 즉, 손재주가 뛰어나야 했고, 뇌우명은 중원에서도 몇 안 되는 의선(醫仙)이라 불리는 자 중 한명이었다.

그는 뛰어난 손재주로 소면을 만들어냈다. 그의 완벽주의는 그야말로 완벽한 맛의 소면을 만든 것이다.

뇌우명의 소면을 먹고 놀란 사강목은 이거면 됐다며 객잔의 이름도 소면객잔으로 바꿨다.

"이 늙은이를 이런 데에 부려먹다니! 고얀 놈들!"

소면을 끓이며 투덜거리기는 했으나 뇌우명은 더욱 완벽한 소면을 만들기 위해 밤낮으로 연구에 매진했다.

비록 더 배우기 귀찮다는 이유로 뇌우명은 소면 외의 음식은 하지 않았지만, 이 소면이라는 것이 맛이 기가 막히고 가격도 저렴하여 금세 입소문을 타기 시작했다.

"아니 이게 왜…….."

산속에 숨어 있는 맛집! 이름도 소면 그 자체인 소면객잔!

소면의 맛이 천상의 맛이다! 저렴한 가격으로 맛볼 수 있는 최고의 선택!

소면객잔의 소면을 먹지 않고서는 미식가라 불릴 수 없다!

이러한 괴변들이 중원에 떠돌기 시작했고, 중원 전역에 존재하는 미식가들의 도전을 불렀다.

"소면 객잔의 소면이 그리 맛있다고? 흥! 내가 한 번 평가해보지!"

그중에서도 황실출신 숙수의 음식에도 만족하지 못한다고 하여 금구자(金口者)라 불리는 교동운이라는 유명한 미식가가 소면객잔에 찾아왔다.

"보잘 것 없는 소면이로군!"

교동운은 자신의 앞에 내밀어진 소면을 내려다보며 눈매를 좁혔다.

딱히 특별할 것 없는 재료들과 적당한 탄력을 가진 소면.

향도 그저 그런 소면들과 다를 바가 없었기에 교동운은 의심스러운 눈빛으로 소면을 먹고 있는 자들을 지켜봤다.

"그저 입소문에 불과한 건가. 우매한 놈들… 난 네놈들과는 다르다."

나름의 음식철학과 황금 입을 가졌다고 스스로 자부하는 교동운은 소면을 젓가락으로 들어 올리며 어떤 식으로 신랄한 비판을 할지 생각했다.

'다시는 문을 열지 못하도록 해주지! 소면객잔이 뭐냐 소면객잔이… 이 따위 소면을 만들고 무슨 소면…….'

소면객잔의 소면을 신랄하게 비판해주려던 교동운은 소면에 입을 대는 순간 눈을 번쩍 떴다.

믿을 수 없다는 듯한 눈빛으로 소면을 내려다보던 교동운은 다시 한 번 소면을 집어먹은 후 이윽고 그릇째로 들어 국물을 마셨다.

'이럴 수가… 어떻게?'

평범한 재료와 육수를 썼을 게 분명한데 그 안에서 느껴지는 맛은 그야말로 환상! 진한 육수의 풍미와 알맞게 삶아진 소면은 찰떡궁합이었다.

소면을 빨아들이듯 스스로 소면의 맛에 빠져버린 교동운은 순식간에 소면그릇을 비워버린 후 바쁘게 움직이는 사강목을 향해 손가락을 치켜들었다.

"여기 소면 하나 더!"

"이게 다 그놈 때문이다."

사강목은 무려 소면 세 그릇을 비워낸 후 뇌우명을 향해 연신 고개를 숙인 후 돌아간 교동운의 얼굴을 떠올렸다.

그때는 소면객잔의 소면이 금구자인지 뭔 자인지 하는 놈에게 인정을 받았다길래 그냥 기분 좋게 있었는데, 이제

보니 그놈은 악귀가 따로 없었다.

이제는 교동운의 얼굴이 악귀처럼 느껴지던 사강목은 고된 하루 장사를 마친 후 녹초가 된 뇌우명의 어깨를 주물러 주었다.

"괜찮으십니까?"

"그 교동운인가 하는 놈을 만나거든 꼭 묵사발을 내거라."

"네, 꼭 죽여 버리겠습니다."

사강목은 머리에 쓰고 있던 두건을 벗으며 의자에 걸터앉았다.

소면객잔에는 음식을 찾아오는 사람들은 많았으나 투숙객은 적어 상대적으로 땅거미가 내려앉은 밤에는 손님들의 수가 상당히 적었다.

음식도 소면 하나뿐이고 술조차 팔질 않으니, 굳이 소면객잔에서 밤을 보낼 필요가 없었기 때문이었다.

"그래도 매출은 확 늘었군."

요즘 들어 생긴 사강목의 삶의 낙이었다.

금고에 쌓여가는 금전들은 사강목의 마음을 든든하게 만들어주었다.

소면이라 큰돈을 주고 팔 순 없지만, 그래도 팔리는 양이 만만치 않은데다가 소면의 원재료 값이 워낙 저렴하여 마진이 상당히 많이 남았다.

"교주님이 돌아오시거든 기뻐하시겠어!"

마교의 재기를 위해서는 돈이 필수불가결한 요소였다.

힘은 태무선과 사강목이 채워준다고 하더라도 조직을 운영하기 위한 금전적인 부분은 딱히 채울 수 있는 방법이 없었기 때문이었다.

"비역만주와 해산문이 힘을 써주고는 있지만……."

태무선이 천마도에 들어간 후 일년 동안 해산문은 장강의 유명한 상단선의 선주가 되었다.

처음엔 자신들을 핍박하고 수탈해가던 장강수로채의 수적들이 상단이 되었다기에 그들을 꺼리는 이들이 많았으나, 장강을 주름잡던 장강수로채답게 해산문은 노련하게 상단선을 지휘하며 남들보다 훨씬 더 빠른 배송을 약속했다.

게다가 그들의 뒤에는 비역만이 함께 했으니, 여럿 상단들이 비역만이라는 후광과 장강수로채의 실력을 믿고 그들에게 의뢰를 맡기기 시작했다.

그뿐인가?

장강수로채였던 해산문에게 감히 덤벼들 수적이 없었으니, 장강수로채가 사라진 직후 생겨난 수적들은 오직 해산문의 상단선은 건들지 않았고, 해산문도 그들을 굳이 상대하지 않았다.

"저런 놈들이 있어줘야지. 그래야 금돼지들이 나를 찾지 않겠느냐. 하하하!"

오히려 수적들의 존재는 해산문을 더욱 귀하게 만들어주었으니, 해산문은 요즘 돛을 펴고 움직이는 시간이 멈춰있는 시간보다 많았다.

"자 가자! 시간이 없다!"

해산문은 장강을 타고 흘러온 서역의 물품들을 가득 실은 후 기다란 장강을 헤쳐 나갔다.

* * *

"야 대협."

"무슨 일이냐."

야차율은 자신을 찾아온 사강목을 발견하고는 새롭게 육성하고 있는 탈혼귀영대의 수련을 멈추었다.

"혹시 오늘도 소식이 없으십니까?"

"그래."

"아… 알겠습니다."

소식이 없다는 얘기에 사강목은 잔뜩 풀이 죽은 채 돌아갔다. 그의 뒷모습을 지켜보던 야차율의 표정도 그다지 좋진 않았다.

'생각보다 오래 걸리는 구나. 무엇보다 서신이 한 장도 오질 않다니…….'

비매가 자신을 찾아오질 않았다. 그 말은 태무선이 그에게 서신을 보내지 않았다는 뜻이었다.

야차율은 힘차게 목검을 휘두르며 무공을 단련하고 있는 신(新) 탈혼귀영대를 바라보며 목소리를 높였다.

"검 끝이 흔들리면 안 된다!"

지난 일년 간 야차율도 놀고 만 있던 것은 아니었다.

'개개인의 싸움이 아닌 조직과 조직 간의 싸움이다. 뛰어난 고수의 존재는 수적 열세도 극복한다곤 하지만, 무인들의 숫자는 전쟁에서 절대적으로 중요해.'

야차율은 탈혼귀영대의 부활을 위해서 지난 일년 간 중원 각지를 돌아다니며 부모가 없는 어린 아이들을 사들였다.

야차율이 구해온 아이들 중에서는 야차율이 보더라도 충분히 재능 있는 아이들도 몇 있었다.

그중에서도 야차율의 시선을 사로잡는 아이가 있었다.

"하압!"

이제 열두 살 정도 되어 보이는 어린 여아. 무인이 되기에는 다소 늦은 나이였지만, 아이는 타고난 재능이 있었다.

그것은 바로 안목.

"기억하겠느냐."

"네, 할 수 있습니다."

빈민촌에서 굶어 죽어가던 소녀는 야차율의 구원을 받고 빈민촌을 빠져나올 수 있었다.

소녀의 눈에서 총기를 본 야차율은 그녀에게 간단한 무공을 가르쳤다.

비록 기본적인 무공이라곤 하지만 소녀는 단 한 번 본 것으로 야차율이 펼친 무공을 따라했다.

'호오?'

못 먹고 자란 탓에 제대로 된 성장이 불가했고, 근육도 없을뿐더러 내공조차 없는 소녀였지만 그녀는 열심히 야차율의 모습을 따라했다.

그 모습을 보며 야차율은 소녀가 비상한 기억력을 갖고 있음을 깨달았다.

"다시 말하지만 넌 무공을 배우기엔 매우 늦었다."

"알고… 있습니다."

소녀는 슬프지만 당차게 답했다.

"이미 각오하고 있었습니다."

"그래, 내가 널 데려온 이유도 알고 있느냐."

"알고 있습니다."

야차율은 손을 뻗어 소녀의 머리를 부드럽게 쓰다듬어주었다.

그의 손길에서는 따스함은 느껴지지 않았지만, 소녀는 기분 좋게 고개를 숙였다.

"미안하구나. 네겐……."

"아닙니다. 어차피 홀로 남겨져 굶어 죽을 운명이었던 저를 대주님께서 구해주셨습니다. 그 은혜에 대한 보답이니 대주께서는 미안해하지 않으셔도 됩니다."

야차율은 총명함이 느껴지는 두 눈으로 자신을 올려다보는 소녀를 보며 마음이 아팠다.

'내가 너를 오년만 더 일찍 알았다면…….'

조금만 더 일찍 소녀를 알게 되었다면 하는 아쉬움이 너무도 크게 다가왔다.

만약 오년만 더 일찍 알았다면 야차율은 소녀를 뛰어난

그것도 매우 뛰어난 무인으로 만들 자신이 있었다.

　그러나 지금은 자신에게도 그리고 소녀에게도 시간이 부족했다.

　"강해지거라. 몸도 마음도 함께."

　"알겠습니다."

　소녀는 고개를 끄덕이며 야차율을 향해 총기가 넘치는 눈빛을 반짝였다.

　한편, 터덜터덜 산을 걸어 내려온 사강목은 두건을 머리에 둘러쓰며 얼굴을 굳혔다.

　'왜 소식이 없는 건가… 혹시 교주님께 무슨 일이라도 생긴 건가?'

　태무선이 홀로 천마도에 남겨진지도 어연 일년하고도 삼개월이 지났으나, 도무지 그에게서 연락이 오질 않았다.

　물론 천마의 무공이 일년만에 깨우칠 수 있는 수준의 무공이 아니라는 것을 그도 알고 있었으나, 서신 한 장 정도는 보낼 수 있지 않은가?

　"귀찮으실 지도."

　태무선이라면 충분히 귀찮아서 서신을 보내지 않았을지도 모른다는 생각에 마음을 다잡으며 사강목은 소면객잔을 찾아오는 한 무리의 남자를 향해 얼굴을 밝혔다.

　"어서 와라!"

　이제는 익숙해진 접객.

　능숙히 네명의 자리를 안내한 사강목은 물어보지도 않고

소면 네 그릇을 가져다주었고, 사내들은 익숙한 듯 소면 네 그릇을 하나씩 나누어가졌다.

후루룩—!

"그 얘기 들었나?"

"무슨 얘기?"

"쉿! 지금부터 이 얘기는 자네들만 알고 있어야 해."

"뭔데 그러나?"

사내들이 은밀한 얘기를 주고받자 사강목은 청각을 키워 사내들의 얘기에 정신을 집중했다.

객잔을 하면서 생긴 또 하나의 장점은 중원에서 떠도는 수많은 얘기들은 한자리에 들을 수 있다는 것이었다.

대부분이 쓸데없는 잡소리에 불과하나 몇 개는 사강목에게도 도움이 되는 얘기였다.

"지옥도(地獄島)라고 들어봤나?"

"지옥도?"

"그래! 그 섬에는 아주 진귀한 보물이 숨어 있다더군. 그래서 그 보물을 가지러 갔던 무인들이 상당했는데… 살아서 돌아온 이는 아무도 없다더군."

"허어! 그래서 지옥도인가?"

"들려오는 소문에 의하면 지옥도에는 보물을 지키고 있는 악귀가 살고 있는데, 악귀의 힘이 어찌나 강한지 보물을 노리고 섬에 들어간 무인들도 악귀에게 모조리 목숨을 잃었다고 하네!"

참으로 진부하고 무의미한 얘기였다. 이 세상에 악귀가

어디 있단 말인가?

이번에도 쓸데없는 얘기라 생각한 사강목은 한숨을 내쉬며 사내들을 바라봤다.

"지옥도는 무슨… 쯧쯧!"

손님들이 두고 간 그릇을 치우며 사강목은 고개를 절레절레 저었다.

"이 세상에 악귀가 어디 있다고."

* * *

질겅— 질겅—!

마지막 남은 육포를 씹으며 태무선은 광활하게 펼쳐진 바다를 바라봤다.

"후……."

품속을 뒤져 무언가를 찾던 태무선은 안쪽 주머니에서 반으로 으깨진 작은 피리를 꺼냈다.

이것만 있으면 비매를 부를 수 있다던데, 부셔진 피리는 제 역할을 하지 못하게 되었다.

"젠장."

태무선은 부러진 피리를 바닷속에 내던진 후 섬 곳곳에 널려 있는 주인 잃은 배들을 바라봤다.

약 일년 간 태무선과 천마도를 찾아온 배의 숫자는 총 서른다섯 척.

무인들의 숫자는 300명 이후로 세지 않았다.

"아직도 이유를 모르겠단 말이지……."

천마도를 찾아온 무인들은 하나같이 광인이 되어 태무선을 공격했다.

덕분에 그들의 목표나 자신을 공격하는 이유도 모른 채 태무선은 광인이 된 무인들과 싸우기를 반복했다.

첫 싸움이 있던 일여 년 전에는 그야말로 생과 사를 넘나들어야 했다.

그래도 한 가지 긍정적인 부분도 없잖아 있었다.

"손에 닿지 않던 투령무일체의 9성이……."

투령무일체의 9성을 달성했다. 이를 위한 깨달음을 얻은 것은 아니었다.

그저, 생과 사를 넘나드는 전투를 계속해서 치렀을 뿐.

"결국 싸움이었나."

지강천은 언제나 투신은 싸움에서 의미를 얻고 성장하며 완성된다며 입이 닳도록 말했다.

그리고 지강천의 말은 사실이었다.

태무선이 천마도에서 반년이 넘도록 광인들과 싸웠을 때 태무선은 자신도 모르게 투령무일체의 9성에 도달할 수 있었다.

"남은 건 1년 하고도 9개월 정도인가."

태무선은 손가락으로 남은 개월 수를 계산하며 한숨을 푹 쉬었다.

지금 천마도에는 주인을 잃은 배들과 광인들의 무덤으로 가득했다.

지난 일 년 간 태무선의 일과는 매우 단순했다.

하루에 다섯 끼니를 해치우고, 어김없이 천마도를 찾아오는 광인들을 상대한 후 그들의 시체를 땅속에 묻었다.

그러기를 1년 하고도 3개월이 지났다. 그럼에도 태무선이 이 지옥 같은 섬을 빠져나갈 수 있는 날은 여전히 멀고도 멀었다.

"아아… 귀찮아."

커다란 바위를 등받이 삼아 광활한 바다를 지켜보던 태무선은 저 멀리서 흐릿하게 보이는 배들을 지켜보며 벽곡단을 입에 털어 넣었다.

다시 한 번 광인들과 싸울 시간이었다.

"이왕 올 거면 빨리 와라."

자리에서 일어난 태무선은 해안가로 다가오는 두 척의 배를 지켜보며 주먹을 빙글 돌렸다.

곧이어 두 척의 배에서 경쟁하듯이 잿빛과 검붉은 색의 무복을 입은 무인들이 배에서 뛰어내렸고, 그들은 서로를 향해 검을 겨누며 소리쳤다.

"여긴 우리 비혈문이 먼저 도착했다."

"헛소리! 여긴 적 가문인 우리가 먼저 도착했다!"

두 척의 배에서 내린 무인들이 서로를 향해 검을 치켜든 채 투기를 발산하고 있을 무렵, 태무선이 그들의 옆에서 모습을 드러냈다.

"자자. 너희가 제정신일 때 말할게. 지금이라도 배를 타고 돌아가도록 해. 얼마 후면 다들 미쳐버릴 테니까."

갑자기 나타나 배를 타고 돌아가라는 태무선을 향해 비혈문과 적 가문의 문주와 가주가 고개를 홱 돌린 후 태무선을 향해 의아한 표정을 지으며 말했다.

"네놈이 지옥도의 악귀냐?"

"지옥도? 악귀?"

처음 들어보는 얘기에 태무선이 눈을 끔벅이자 비혈문주가 검끝을 태무선에게로 돌리며 외쳤다.

"지옥도에 악귀가 산다고 들었다. 네놈이 바로 그 악귀냐!"

"여기가 지옥도였나?"

태무선은 그럴 수 있겠다고 생각하며 고개를 끄덕였다.

그도 그럴 것이 이곳에 오는 무인들마다 미친 광인이 되어 날뛰게 되니 지옥도라는 말이 맞았다.

그런데 악귀라니? 악귀는 한 번도 본적이 없었는데.

태무선이 악귀라는 존재에 의문을 품고 있을 무렵, 그의 끄덕임을 긍정의 표시로 알아들은 비혈 문주와 적 가주가 서로를 응시했다.

'일단 저 악귀부터 처리한다.'

'악귀 놈부터 처리해야겠군.'

둘은 같은 생각을 했는지 동시에 내공을 끌어올리며 태무선을 향해 검을 겨누었다.

광인이 되어서도 광인이 안 되어서도 늘 같은 상황이었다.

언제나 천마도를 찾아온 무인들은 자신을 죽이려했고,

태무선은 살아남기 위해 그들을 상대해야 했다.

"그럼 그렇지."

이번에는 대화가 조금 통하려나 싶었는데 아니나 다를까 비혈문과 적 가문의 무인들은 태무선을 죽일 듯이 노려보며 투기를 발산했다.

적들이 투기를 발산하자 태무선의 몸에 깃든 투령무일체의 기운이 꿈틀거렸다.

투령무일체가 9성에 이른 이후로 감각이 더욱 예민해졌다.

특히 투기에 대한 반응이 매우 예민해졌는데, 적에게서 투기를 느끼는 순간 알 수 없는 기분이 머릿속 깊은 곳에서부터 끌어 올랐다.

"후우우……."

깊은 날숨을 내뱉으며 고개를 치켜든 태무선은 지금 당장이라도 자신에게 달려들 것만 같은 무인들을 향해 경고했다.

"마지막이야. 다들 미쳐버리기 전에 돌아가도록 해."

"닥쳐라! 우리가 어떻게 이곳에 왔는데!"

"쳐라!"

투기를 끌어올린 비혈문의 무인들과 적 가문의 무인들이 힘차게 날아오르며 태무선을 향해 달려들었고, 권태로운 표정으로 그들을 바라보던 태무선이 앞꿈치로 몸을 두어 번 튕긴 후 몸을 앞으로 숙였다.

꽈앙―!

태무선의 신형이 흐릿해지는가 싶더니 마흔 명의 무인들 사이에 나타났고, 그가 나타남과 동시에 수명의 무인들이 튕겨나갔다.

"크앗!"

"으아악!"

마치 벽력탄이라도 터진 듯 움푹 패여 버린 해안가의 중심에서 태무선이 고개를 들어 다음 먹잇감을 찾아 눈을 번뜩였다.

'이럴 수가!'

비혈문주인 악문은 믿을 수 없다는 표정으로 비혈문의 무인 세 명과 적 가문의 무인 네 명을 동시에 날려버린 태무선을 바라봤다.

'이게 지옥도의 악귀인가!?'

이런 생각은 적가문의 가주 적가후도 마찬가지였다.

단 한 합이었지만, 태무선의 무위가 자신들과는 비교도 할 수 없을 만큼 강하다는 것을 깨달은 것이다.

"젠장…! 역시 보통 녀석은 아니었나."

악문은 이를 갈며 내공을 갈무리했다. 적당한 공력으로는 악귀의 몸에 닿을 수 없음을 느낀 것이다.

'전력으로 부딪……'

푸욱―!

"어… 으으윽……."

자신의 배를 뚫고 나온 피묻은 검신.

악문은 믿기지 않는다는 눈빛으로 뒤를 돌아보았고, 그

곳엔 같은 비혈문의 무인이 광기가 느껴지는 눈빛으로 자신을 향해 괴음을 흘리고 있었다.

"이런… 미친……."

곧이어 미쳐버린 비혈문의 무인들이 본문의 문주를 난도질하기 시작했다.

괴성을 내지르며 악문을 난도질하는 비혈문의 무인들을 보며 적가후의 눈빛이 크게 흔들렸다.

"대체 무슨 일이 벌어지는 게냐……?"

"그러게 돌아가라니까."

태무선은 귀찮다는 듯 뒷머리를 긁적이며 미쳐 날뛰는 비혈문의 무인들을 바라봤다.

"당신도 늦기 전에 돌아가."

"무슨 요술을 부린 게냐! 어째서……."

"난들 알겠어. 이 섬에 오는 사람들마다 광인이 되어버려. 이성을 잃고 싸움밖에 모르는 싸움귀가 되어버리거든."

'이럴 수가. 지옥도의 악귀는… 이 녀석을 말하는 게 아니었어.'

흔들리는 눈빛으로 미쳐 날뛰는 비혈문의 무인들을 지켜보던 적가후는 그제야 깨달았다.

지옥도의 악귀는 이곳에 홀로 있던 사내가 아니라… 지옥도에 도착한 무인들을 칭하는 말이었다.

"젠장… 어쩐지 처음부터 그딴 헛소문을 믿는 게 아니었어! 후퇴한다! 당장 이 개 같은 섬에서 도망쳐!"

적가후는 다급히 적가문의 무인들을 향해 다급히 소리쳤다. 그러나 적가후의 결단은 너무도 늦어버리고 말았다.

"으으으으으… 크으으… 으아악!"

미쳐버린 적가문의 무인들이 서로를 향해 검을 휘두르거나 적가후를 향해 달려들기 시작한 것이다.

"젠장!"

적가후는 자신을 향해 달려드는 적가후의 무인들을 향해 검을 치켜들었다.

하지만 그는 검을 휘두를 수 없었다. 이 지옥도에 자신만을 믿고 먼 길을 온 무인들이었다.

'나의 욕심으로 너희를 이 지옥으로 끌고 왔구나…….'

적가후는 일그러진 얼굴로 자신을 향해 달려오는 적가후의 무인들을 바라보며 검을 내렸다.

그때였다.

"뭐하냐."

어디선가 나타난 태무선이 적가후의 앞으로 가로막으며 달려드는 적가후의 무인들을 향해 주먹을 내질렀다.

그의 권격과 동시에 몰아친 광풍이 적가후의 무인들을 광포하게 날려버렸다.

"그럴 정신이 있으면 당장 배로 돌아가. 그리고 다시는 이 섬으로 돌아오지 마."

"나, 나는…….."

"당장!"

"제길……!"

적가후는 태무선이 막아주는 틈을 타 눈에 보이는 배를 향해 힘차게 내달렸다.

적가후를 돌려보낸 태무선은 여전히 광기를 내뿜으며 짙은 살의와 투기를 내뿜는 비혈문과 적가문의 무인들을 쭈욱 둘러보았다.

"이상하게 광인이 되면 서로를 알아본단 말이지."

참으로 이상한 일이었다.

천마도에서 광인이 된 이들은 서로를 공격하지 않는다. 그들의 목표는 오로지 광인이 되지 않은 자. 태무선이었다.

"이걸 언제 다 치우냐. 후… 얼른 끝내자."

마흔 명의 무인들의 시체를 치울 생각에 머릿속이 아득해진 태무선은 깊은 한숨을 내쉬며 달려드는 광인들을 향해 몸을 날렸다.

"하악… 하악……!"

시간이 없어 비혈문의 배에 올라탄 적가후는 자신을 향해 겁에 질린 표정을 짓고 있는 한 소년을 발견했다.

"시간이 없다. 당장 배를 움직여!"

적가후의 호통에 소년이 벌벌 떠는 몸으로 고개를 가로저었다.

"아직 문주님이……."

"멍청한 놈! 네 문주는 비혈문의 무인들의 손에 죽었다! 그러니 당장 배를 돌리라고!"

"아아……."

소년은 망설이며 굉음과 괴성이 난무하는 해안가를 향해 시선을 돌렸다.

적가후의 말대로 비혈문주인 악문은 싸늘한 시체가 되어 해안가에 쓰러져있었고, 비혈문의 무인들은 한 사내와 격렬한 전투를 벌이고 있었다.

아니, 정확히 말하자면 일방적인 학살이었다.

"당장 배를 움직이……."

감정이 격해진 적가후가 소년을 향해 분노를 토해내다가 이윽고 온 몸을 비틀며 괴로워하기 시작했다.

"끄으윽!"

감정의 소용돌이가 그의 머리를 잠식하기 시작했고, 출처를 알 수 없는 거대한 분노가 그를 집어 삼키기 시작했다.

'아, 안 돼!'

발끝에서부터 시작된 기이한 기운이 수백 마리의 뱀이 되어 그의 온몸을 감싸기 시작했고, 한데 뭉쳐진 거대한 뱀이 아가리를 벌렸다.

'안 돼!'

적가후는 자신의 앞에 나타난 검은 뱀을 향해 고개를 저었지만, 뱀은 잔인하게도 적가후의 머리를 한입에 집어삼켰다.

"혼자서 배를 움직여 본 적은 없는데……."

소년이 배를 어떻게 움직여야 하는지 고민하고 있던 찰

나 적가후가 벼락처럼 검을 치켜들고는 소년을 향해 검을 휘둘렀다.

"으악!"

놀란 마음에 뒷걸음질을 치다 넘어진 것이 소년을 구했다.

간발의 차이로 앞섬을 자르고 지나간 날카로운 검격을 보며 소년이 온몸을 바들바들 떨었다.

"왜… 왜 이러세요!"

"크르르르… 으아악!"

적가후는 침을 흘리며 소년을 향해 검을 휘둘렀다.

도저히 도망갈 엄두조차 내지 못하던 소년은 두 손을 머리에 감싼 채 고개를 숙였다.

그때였다.

콰직—!

"그러게 빨리 떠나라니까."

순식간에 날아온 한명의 사내가 적가후의 머리를 갑판에 머리를 쳐 박으며 나타났다.

"음? 안녕?"

태무선이 소년을 향해 손을 흔들자 소년은 몸을 벌벌 떨며 나지막한 한마디를 내뱉으며 기절했다.

"악…귀……."

털썩—!

"씻은 지 너무 오래되었나?"

보는 사람마다 자신을 악귀라 부르자 태무선은 부스스한

머리를 긁적였다.

어쩐지 머리가 유독 간지럽게 느껴졌다.

"좀 씻어야겠네."

"으르르!"

"아 맞다."

우둑―!

적가후의 목을 비틀어 죽인 후 자리에서 일어난 태무선은 기절한 소년을 내려다보며 생각에 잠겼다.

"이 녀석은 어쩐담."

* * *

"마…막아라!"

북부 무림맹지부의 지부장이었던 가우송은 자신의 앞에 나타난 거한을 보며 몸을 부르르 떨었다.

'저게 정녕… 사악교의 힘이란 말인가!'

고작 스무 명의 무인들이었다.

북부 무림맹의 지부에는 무려 백오십여 명의 무인들이 상주하고 있었다.

스무 명 대 백오십 명.

단순히 숫자로만 계산한다면 스무 명의 무인들은 백오십 명의 무인들을 이겨낼 수 없다.

게다가 백오십의 무인들은 모두가 무림맹에서 인정받은 실력자들이 아닌가?

그럼에도 가우송은 몸을 떨며 공포에 질렸다.

그 이유는 지금껏 서른한 명의 맹의 무인들을 곤죽으로 만들어버린 거한의 남자 때문이었다.

"저 거인은 도대체 누구란 말인가!"

가우송은 흔들리는 눈빛사이로 거대한 망치를 든 남자의 모습이 비춰졌다.

"이런게 무림맹의 힘이란 말인가? 가소롭기 그지없군."

사악교의 광왕, 맹우는 자신의 망치에 그야말로 피 떡이 되어 죽어 있는 맹의 무인들을 한심스럽게 내려다보았다.

그들의 실력은 보잘 것 없었고, 투지 또한 느껴볼 수 없었다.

"겨우 이것뿐이냐!"

맹우의 외침에 외문을 걸어 잠근 채 지원을 기다리고 있던 맹의 무인들은 몸을 움츠렸다.

"북부 무림맹의 가우송이 문을 걸어 잠근 채 숨어 있는 꼴이라니 우습기 그지없구나. 이 따위가 정파 무림의 대표라니."

'저자의 도발에 넘어가서는 안 된다! 외문은 한철을 섞어 만들었으니 저들은 절대 외문을 뚫어낼 수 없을 것이다.'

북부 무림맹의 외문은 한철을 섞어 만든 두꺼운 철문이었다.

웬만한 힘으로는 흠집조차 낼 수 없는 아주 견고한 철옹성이 바로 북부 무림맹이라 할 수 있었다.

"흠. 기어코 나오지 않겠다는 겐가."

맹우는 코웃음을 치며 굳게 닫혀 있는 북부 무림맹의 외문을 향해 다가가 망치를 들어올렸다.

'멍청하기는… 네놈이 아무리 강한 힘을 가지고 있더라도 북부 무림맹의 외문을 결코 열리지 않을…….'

꽈앙—!

엄청난 굉음에 맹의 무인들이 귀를 붙잡은 채 고개를 숙였다.

꽝—!

뒤이어 들려오는 두 번째 굉음!

맹우의 망치는 맹렬하게 날아들며 북부 무림맹의 외문을 쳐댔고, 그럴 때마다 북부 무림맹의 외문과 이에 연결되어 있는 외벽이 크게 흔들렸다.

한사람의 힘이라고는 도저히 믿지 않는 엄청난 거력.

"이 따위 철문으로 이 맹우를 막을 수 있을 거라 믿었느냐!"

맹우의 망치가 어마어마한 힘으로 북부 무림맹의 외문을 후려쳤고, 외문은 이를 고정하고 있던 외벽과 함께 날려버렸다.

쿠쾅쾅—!

외문이 무너지자 광왕이 들이닥쳤다.

"크하하하! 덤벼라 무림맹의 개들아!"

망치를 치켜든 맹우가 겁에 질린 표정으로 자신을 올려다보고 있는 북부 무림맹의 무인들을 향해 다가가며 진한 미소를 띠었다.

"제발 살려달라고 빌지 말아라. 살고자 발악하며 죽을힘을 다해 내게 덤벼라."

맹우의 눈에서 진한 광기가 느껴졌다.

"그래야 좀 더 재미있을 테니까."

기울어진 균형

"북부 무림맹이 사악교의 손에 넘어갔습니다. 뿐만 아니라 남부에서도 사악교의 움직임이 보이고 있습니다."

"이대로 가다간… 전 중원이 사악교의 손에 넘어갈 겁니다."

"지금이라도 당장 대항해야 합니다!"

"무인들을 소집해서……."

"……."

장로들의 외침 속에서 홀로 선 구황천은 손가락 끝을 마주하며 두 눈을 질끈 감았다.

서서히 장로들의 외침이 잦아질 무렵 남궁수호의 목소리

가 화살처럼 날아와 구황천의 귓가에 꽂혔다.

"맹주님, 이 상황을 그저 방관하고 계실 생각이십니까!"

감았던 눈을 뜬 구황천이 한손으로 자신의 머리카락을 쓸어 넘기며 굳게 닫혀 있던 입을 열었다.

"구파일방 오대세가… 무림맹에 속한 모든 문파에게 전하시오."

모든 장로의 시선이 구황천에게로 향했다.

"사악교와의 전면전을 해야 할 때가 왔습니다."

그동안 잠자코 있던 무림맹의 맹주, 구황천이 드디어 칼을 빼들었다.

무분별한 힘의 사용을 막기 위해 그동안 구파일방과 오대세가에서는 함부로 문파의 힘을 사용할 수 없었다. 하지만 이젠 맹주의 허락이 떨어졌다.

무림맹에 존재하는 수백 마리의 전서구가 하늘을 날아가며 수백 개의 곡선을 그려냈다.

이를 지켜보던 시월현이 미소를 지었다.

"이야, 결국 맹주가 검을 빼들었군."

돌아가는 상황이 재미있어 참을 수 없다는 듯 시월현은 술병 째로 술을 들이키며 눈웃음을 지었다.

"드디어 전쟁인가."

사악교의 입장에서는 기다리고 기다리던 때가 드디어 찾아왔다.

그동안 몸을 웅크린 채 일방적으로 두들겨 맞고 있던 무림맹이 본격적으로 전면전을 선포했다.

이건 고정된 채 미묘한 균형을 유지하고 있던 무게추가 드디어 움직이기 시작한 것이다.

"이제부터가 시작이다."

이제부터가 진정한 시작이다.

시월현은 앞으로 벌어진 거대한 싸움을 상상하며 술병을 비웠다.

*　*　*

"이상하네."

태무선은 기둥에 묶어둔 소년을 바라보며 고개를 갸웃거렸고, 일어나보니 기둥에 묶여 있던 소년은 깜짝 놀라며 몸을 떨었다.

"배에 있어서 그런 건가?"

자리에 일어난 태무선은 비혈문과 적 가문에서 가져온 배에서 모아온 식량들을 점검하며 다시 한 번 소년을 바라봤다.

"너 배는 몰 줄 알아?"

"알긴 아는데… 항해사 없이는 중원으로 돌아갈 수 없어요."

"역시 그런가."

항해사 없이는 중원으로 돌아갈 방법이 요원했다.

그렇다고 망망대해를 떠돌 수도 없는 노릇. 태무선은 할 수 없이 식량들을 챙긴 후 소년을 바라봤다.

다른 광인들과는 다르게 소년은 광인으로 변할 기미를 보이질 않았다.

여지껏 광인이 된 자들과 소년의 차이가 무엇일까.

'나이?'

그동안 천마도를 찾아온 이들은 나이를 먹을만큼 먹은 건장한 무인들이 대부분이었다.

그들은 하나같이 광인이 되었지만, 소년은 아니었다.

"흠. 나이가 어리면 광인이 되지 않는 건가?"

태무선은 소년을 향해 다가가 그의 몸을 묶고 있던 두꺼운 끈을 풀어주었다.

얼떨결에 자유의 몸이 된 소년이 불안에 떠는 눈동자로 태무선을 바라봤다.

"저, 절 죽이지 않으실 건가요?"

"내가?"

"네……."

"내가 왜?"

"하지만 당신은 지옥도의 악귀잖아요."

지옥도의 악귀. 도대체 이유가 무엇일까?

태무선은 이해할 수 없었다. 지금껏 자신은 야차율의 제안으로 천마도에 홀로 남겨졌고, 이곳에서 삼년간 지내야 하는 일종의 유배를 당했다.

착하게만 살아온 것은 아니지만, 지금껏 딱히 악귀 같은 짓은 한 적이 없는데다가 어떻게 보면 피해자가 아닌가?

‘난 그냥 광인들을 상대로 싸운 것뿐인데.’

날 죽이려던 광인들을 상대로 목숨을 걸고 싸운 건데 왜지?

참으로 억울하기 그지없었다.

태무선은 잠시 동안 소년을 바라보다가 그를 향해 물었다.

"너희들은 이곳으로 왜 오는 거야? 이곳이 지옥도라면서."

"천마의 무공 때문이에요."

"천마의 무공… 아."

태무선이 고개를 끄덕이며 그제야 생각이 났다는 듯 눈을 크게 떴다.

‘교주님은 천마도에서 천마의 무공을 습득하셔야 합니다.’

야차율이 말했던 천마의 무공이 바로 천마도에 잠들어 있던 것이다.

자리에서 일어선 태무선은 천마도의 중심에 있는 천마공을 향해 시선을 던졌다.

"저게 천마의 무공이었나?"

천마공에 새겨진 천마심결과 천마신검을 아무생각 없이 방치하고 있던 태무선은 천마도에 도착한지 일년이 넘어서야 천마의 무공이 있다는 것을 떠올렸다.

그동안은 광인들을 상대로 싸우느라 신경 쓰지 못한 것이다.

"그러니까 천마의 무공을 얻으려고 이곳에 왔다는 거지?"

"네. 천마 독무룡의 무공은 사파 무인들에게는 더할 나위 없이 대단한 무공이죠."

비록 투신이라 불리던 지강천에게 패배하여 죽임을 당한 독무룡이지만, 그는 어디까지나 사파의 우두머리였던 천마.

그런 독무룡의 무공과 함께 마교 최고의 신물인 천마신검이 함께 있다고 하니 어찌 사파의 무인들이 군침을 흘리지 않겠는가.

드디어 무인들이 자꾸만 천마도를 찾아오는 이유를 알아차린 태무선은 천마공을 향해 발걸음을 내디뎠다.

그런데 그때 소년이 태무선을 향해 소리쳤다.

"저기 대협!"

"응?"

"저도 함께 갈 수 있을까요. 여기선 제가 할 수 있는 게 없습니다."

홀로 배에 남겨진 소년은 홀로 남겨지는 것이 두려워 태무선을 향해 애원했다.

물론, 소년은 크게 기대하지 않았다.

'아무리 대협이라도 천마의 무공이 있는 곳에 나를 데려가진 않겠지…….'

"그래, 따라와."

하지만 소년의 우려와는 달리 태무선은 순순히 소년을

따라오라 말했다.

"이름이 뭐냐."

"……소백이라고 합니다."

"그래. 따라오는 건 자유지만, 네가 광인이 되어 나를 공격한다면 내가 할 수 있는 건 단 두 가지야."

"네?"

"널 죽이거나, 네가 굶어죽을 때까지 배에 묶어두거나. 뭐… 한방에 죽여주는 게 너도 좋겠지?"

꿀꺽―!

마른침을 삼킨 소백은 죽음이 두려웠지만, 그렇다고 이곳에 혼자 남겨지는 것은 죽는 것보다 싫었다.

잠시 동안 고민에 고민을 거듭하던 소백은 고개를 힘차게 끄덕였다.

"제가 광인이 되거든 지체 마시고 죽여주세요!"

"그래, 걱정마라. 고통 없이 보내줄 테니."

죽여주겠다는 말을 아무렇지도 않게 내뱉으며 미소를 짓는 태무선을 보며 소백은 두려움에 몸을 떨었다.

아주 어렸을 적부터 지강천에게 생명의 위협을 받아온 태무선에게 나이가 어리다고 봐주는 것 따위는 없었다.

그는 이미 소백보다 어린 나이에 지강천의 손에 몇 번을 죽을 뻔 했던가?

"자, 가자."

태무선은 소백을 데리고 천마공을 향해 움직였다.

*   *   *

"우와아… 이게 천마의 무공!"

소백은 한쪽 벽면을 빼곡히 채운 천마심결을 올려다보며
전율을 느꼈다.

게다가 천마심결 곁에는 마교 최고의 신물이자 신기인
천마신검이 함께 꽂혀 있었다.

물론, 꽂혀 있다기보다는 박혀 있다는 표현이 더욱 정확
할 것이다.

"대협은 천마의 무공을 배우지 않으셨나요?"

"응."

"왜, 왜요?"

소백은 이해가 안 된다는 듯한 얼굴로 태무선을 바라봤
다.

천마의 무공과 천마신검이 필요한 게 아니라면 천마도에
있을 이유가 없기 때문이었다.

"귀찮아서."

전혀 상상조차 못했던 대답에 소백은 어안이 벙벙해졌
다.

사상 최강의 마두 중 한명이었던 천마 독무룡의 무공을
귀찮다는 이유로 외면하다니?

아니, 하다못해 무공은 그렇다치더라도 천마신검은 챙
길 수 있는 게 아닌가?

소백은 천마심결이 새겨져있는 벽에 박혀 있는 천마신검을 가리키며 물었다.

"천마신검은 왜 박아두신건가요?"

"난 검은 안 써. 가지고 다니기도 번거롭고, 싸울 때 불편하거든."

태무선이 오른손은 빙글 돌리며 귀찮다는 듯 말하자 소백은 어이가 없다는 듯한 얼굴로 태무선을 바라봤다.

'도대체 이 남자의 정체는 뭐지?'

귀찮다는 이유로 천마의 무공과 천마신검을 내팽개치다니. 소백의 상식으로는 도저히 이해할 수 없었다.

"그나저나 넌 미치지 않는구나."

태무선이 신기하다는 듯 소백을 바라봤다.

그도 그럴 것이 천마도에 도착한 모든 무인들은 하나같이 광인이 되어 미쳐버렸다.

그러나 소백이란 소년은 미치기는커녕 작은 광기조차 느껴지지 않았다.

"그게 아마도… 전 무공을 배우지 않았기 때문일 거예요."

"무공을 배우지 않았다라… 무공을 모르는 사람은 안 미치는 건가."

"지금껏 지옥도로 온 모든 무인들은 마공을 배운 무인들이에요. 아마도 그래서가 아닐까요?"

"마공을 배운 사람은 모두 미친다라… 그럼 이곳에 온 모든 무인들이 마공을 배운 무인들이라는 거야?"

"네! 아무래도 천마의 무공에 관심을 가지는 건 사파의 무인들이니까요."

"흐음."

더 이상 생각하는 게 귀찮았던 태무선은 천마심결을 처음부터 끝까지 눈으로 빠르게 훑어나갔다.

천마심결은 여타 다른 무공들처럼 뜻을 이해할 수 없는 말들로 가득 채워져 있었다.

글자 하나하나에 뜻이 있었고, 생각하기에 따라서 수십 가지의 해석을 내놓을 수 있으니, 천마심결을 해독하는 데에만 오랜 시간이 걸렸다.

"역시 귀찮은데."

읽는 것조차 귀찮은데 해석까지 해야 한다?

태무선은 금세 천마심결에 흥미를 거뒀다. 동시에 천마신검도 그의 관심에서 멀어졌다.

지금은 투령무일체를 완성시키는 것도 벅찬데 천마의 무공까지 신경 쓰고 싶지 않았다.

"이것 때문에 오는 거라면 부셔버려야지."

태무선이 주먹을 들어 올리자 그의 오른 주먹에 강대한 기운이 모여들기 시작했다.

한편, 넋이 나간 듯 천마심결을 읽어나가던 소백이 화들짝 놀라 태무선을 바라봤다.

"뭐, 뭐… 뭐 하시는 건가요!?"

"뭐하긴 여기에 천마의 무공이 없다는 게 알려지면 더 이상 죽는 사람도 없을 거 아냐?"

"하지만! 이건 하나밖에 없는 천마의 무공이라구요!"

"그래서?"

소백은 애가 탔다. 하나밖에 남지 않은 천마의 유지를 부셔버리려는 사내라니!

다급하게 태무선의 앞을 가로막은 소백이 큰 목소리로 소리쳤다.

"이렇게 귀중한 재산을 박살 내다뇨!"

"뭐가 귀중해 이것 때문에 몇 명이 죽었는데."

"그건 그렇지만……."

말을 이어나가던 소백이 뭔가를 깨달은 듯 놀란 눈동자로 태무선을 응시했다.

"혹시 대협은 정파의 무인이신가요?"

"정파?"

"네. 혹시나 무림맹의 무인이신가요. 그러고 보니… 마공을 익힌 자들은 모두 광인이 되었는데 대협은 광인이 되지 않으셨잖아요. 그 말은 마공을 배우지 않았다는 뜻이고, 게다가 천마의 유지를 부수려는 것을 보면… 역시 대협은 무림맹의 무인이시군요!"

"아니야."

"에… 그럼 대협은 어느 쪽 소속이십니까?"

"나? 마교."

"마교라구요!? 그렇다면 더더욱 천마의 유지를 지켜야지요! 그게 아니더라도 이대로 천마의 유지를 박살내면 교주님이 가만두지 않을 텐데요!?"

"괜찮아. 내가 교주야."

"뭐가 괜… 예……?"

소백이 두 눈을 빠르게 끔벅이며 멍하니 입을 벌렸다.

혹시나 자신이 잘못들은 것은 아닐까. 소백은 재차 물었다.

"뭐…라구요?"

"내가 마교의 교주라고."

꿀꺽─!

오늘 하루 동안 마른침을 몇 번이나 삼킨 지 알 수가 없었다.

지옥도의 악귀이자 천마의 유지를 귀찮다는 이유로 깨부수려던 남자가 마교의 교주라니.

'아니지! 생각 잘해야 돼 소백… 마교의 새로운 교주는 죽었다고 했었어.'

소백은 날카로운 눈빛으로 태무선을 노려봤다.

'저런 게으른 거짓말쟁이가 마교의 교주일 리가 없어.'

의심스러운 눈빛으로 태무선을 곁눈질하던 소백은 어디선가 들려오는 기괴한 괴성에 고개를 치켜들었다.

"또 왔네."

"뭐가 온 거죠?"

"네가 말한 멍청한 사파 놈들."

괴성은 점점 더 커져갔고, 곧이어 천마공으로 내려오는 유일한 통로인 나선형의 계단을 따라 수십 명의 무인들이 괴성을 내지르며 달려왔다.

"히익!"

광기가 넘치는 눈동자를 번뜩이며 달려오는 괴인들을 보
며 소백은 온몸을 바들바들 떨었다.

"어, 어떻게 하죠?"

천마공은 지하인데다가 통로도 나선의 계단, 단 하나밖
에 없었다.

도망칠 곳도 숨을 곳도 없는 곳에서 소백이 두려움에 몸
을 떨고 있을 무렵, 태무선은 익숙한 듯 손목과 목을 좌우
로 꺾으며 광기에 휩싸인 무인들을 향해 걸어갔다.

"싸워야지."

"싸운다고요!?"

소백이 말도 안 된다는 듯한 얼굴로 나선의 계단을 따라
내려오는 스무 명의 무인들을 바라봤다.

천마도의 광기에 미친 듯 그들은 침을 질질 흘리며 내공
과 투기를 가감 없이 발산하고 있었다.

그저 그런 삼류무인들이 아니었다.

'못해도 일류급 무인들이야!'

이름 있는 문파의 무인들인 듯 천마공을 내려오는 무인
들의 몸에서는 꽤나 강렬한 기운들이 느껴졌다.

그럼에도 태무선은 무미건조한 얼굴로 자신을 향해 다가
오는 광인들을 향해 내공을 끌어올렸다.

"최대한 뒤쪽에 가 있어. 너까진 못 지켜주니까."

"예, 옛!"

소백은 뒤로 멀찍이 물러서 그늘 속에 몸을 웅크렸다.

곧이어 태무선을 향해 스무 명의 괴인들이 몸을 날렸고, 그들의 손에는 검과 도가 들려 있었다.

"아무래도 저걸 박살내야겠어."

태무선은 천마의 유지를 못마땅하게 바라보다가 코앞까지 다가온 무인의 검신을 향해 주먹을 들어올렸다.

'뭘 하는 거지?'

맨주먹으로 날카로운 칼날을 향해 주먹을 뻗고 있는 태무선을 보며 소백이 의아한 표정을 지었다.

그러나 소백의 표정은 의아함에서 곧 경악으로 바뀌었다.

'말도 안 돼!'

콰아앙—!

검신을 산산조각 내며 뻗어진 태무선의 주먹이 무인의 얼굴을 박살내며 무인을 바닥에 처박았다.

비록 두려움을 모르는 광인이라고 하더라도 죽음을 모르진 않았다.

한 번의 권격에 목숨을 잃은 무인은 검을 떨군 채 차가운 죽음을 맞이했고, 태무선은 멈추지 않고 앞으로 나아갔다.

'저 꼬맹이에게 갈 수 없게 해야 해.'

자신의 뒤에 있는 소백을 지키기 위해서라도 태무선은 공격을 멈출 수 없었다.

"흐읍!"

태무선의 왼발이 바닥을 내리찍었다.

쿵—!

대지가 크게 흔들리며 광인들이 균형을 잃었다. 그 순간, 태무선의 몸이 번개처럼 움직였다.

퍽— 퍼퍽—! 퍽—!

'범… 아니, 용이다!'

태무선은 마치 검은 용과 같은 움직임으로 무인들의 사이사이를 파고들며 그들의 가슴에 권격을 꽂아 넣었다.

한 번 한 번의 권격에 무인들은 썩은 나무토막같이 쓰러져갔다.

'내가 마교의 교주라고.'

태무선이 했던 말이 불현듯 떠올랐다.

소백은 스무 명의 무인들을 상대하는 태무선을 보며 전율을 느끼며 미묘하면서도 분명한 기분을 느꼈다. 그 기분은 바로 경외감이었다.

"정말로 마교의 교주가… 살아 있어!"

두근— 두근—!

소백은 자신의 손으로 가슴을 부여잡았다.

압도적인 강함!

죽은 줄만 알았던 마교의 교주가 천마도에 살아 있다.

그것도 형언할 수 없을 만큼 강하고 날카로운 송곳니와 발톱을 지닌 채로.

"후우. 차라리 해안가에서 처리하는 편이 나은 것 같은데."

마침내 마지막 무인의 가슴을 박살낸 태무선은 싸늘한 시체가 된 스무명의 광인들을 내려다보며 인상을 찡그렸다.

"일단 저것부터 박살내자."

태무선이 오른손에 내공을 끌어올리며 천마심결의 새겨진 천마공의 벽으로 다가갔다.

그러자 멀리 앉아 있던 소백이 힘차게 달려왔다.

"교주님!"

자신을 부르는 소백의 목소리에 태무선이 발걸음을 멈추었다.

"왜?"

"이왕 부술 거라면 제게… 일년… 아니, 반년이라도 시간을 줄 수 있겠습니까!"

소백은 빠르게 달려와 태무선의 앞에 납작 엎드렸다.

"이 소백, 천마의 무공을 배울 기회를 주신다면 반드시 힘을 얻어 교주님의 곁을 지키는 가장 강력한 검이 되어드리겠습니다!"

말을 마친 소백은 자신이 생각해도 미친 짓이라고 생각했다.

현 마교의 교주가 누군지 알지도 못하는 소년에게 천마의 무공을 넘겨줄 리가 없기 때문이었다.

'내가 미쳤지!'

소백은 눈을 질끈 감으며 입술을 물어뜯었다.

차라리 곱게 천마의 무공이 무너지는 것을 봤어야 했던 걸까.

인생 최대의 도박을 던진 소백은 눈을 질끈 감은 채 자신에게 내려질 처분을 기다렸다.

"맘대로 해라."

'……응?'

소백은 믿을 수 없는 듯 고개를 치켜든 채 자신을 내려다보는 태무선을 바라봤다.

태무선은 귀찮다는 듯 권태로운 눈빛으로 소백과 천마심결을 바라봤다.

"알아서 해. 흐아암."

하품을 내쉬며 어깨를 두드린 태무선은 자신의 아래에 널려 있는 광인들의 시체를 가리키며 말했다.

"그전에 이것부터 치우자."

소백은 더할 나위 없이 밝은 미소를 지으며 일어섰다.

"네!"

* * *

중원을 지탱하는 균형의 무게 추.

그 중심에는 항상 무림맹과 마교가 존재했다.

유구한 역사를 걸쳐 무림맹과 마교는 전쟁과 평화를 번갈아가면서 반복해왔다.

정(正)과 사(邪)는 낮과 밤처럼 늘 같은 균형을 유지해왔고, 크고 작은 싸움을 했어도 어느 한쪽이 무너지는 일은 없었다.

정사대전과 검신과 투신의 싸움.

승자는 검신이었고, 그 결과 기울어질 일이 없던 균형의 무게추가 무림맹 쪽으로 쏠렸다.

한 번 기울어진 무게 추는 영원히 원래대로 돌아갈리 없을 거라 여겨졌다.

그러던 중, 사악교가 자신의 추를 걸었다.

"현재 상황은 어떻습니까?"

무림맹을 상징하는 두 마리의 용이 새겨진 청색의 무복을 입은 구황천의 물음에 장로들의 표정이 썩 좋지 않았다. 그중에서도 남궁수호가 어두워진 얼굴로 입을 열었다.

"현재 스물두 개의 전선 중 열다섯 곳이 패배. 나머지 두 곳에서는 대치 중, 세 곳에서 승리하였습니다."

"후……."

구황천은 한손으로 이마를 덮으며 침음성을 흘렸다.

"겨우 세 곳에서 승리하였다는 건가……."

"남궁세가를 필두로 한 동부전선이 선전중입니다."

"문제는 북부인가."

"화산파에서 분전중이기는 하나 수적으로 불리합니다."

"수적 열세……."

수적 열세는 말이 안 되는 일이었다.

무림맹과 정파무림은 유래 없는 권력을 누렸다. 정사대전의 승리로 정파 무림은 중원의 패권을 장악했기 때문이었다.

하지만 마교는 패했으나, 사파 무림은 가차 없이 그들의 주군을 버렸다.

'할아버님은 사파 무림을 청소하시지 않으셨지.'

정사대전에서 승리한 구황목은 사파 무림의 문파들을 굳이 찾아가 청소하려 하지 않았다.

물론 검신의 위엄은 사파 무림의 존재자체를 의미 없게 만들었지만, 검신이 없는 지금.

곳곳에 숨어 칼을 갈고 있던 사파무림이 곳곳에서 모습을 드러냈다.

게다가 더 큰 문제는 따로 있었다.

"비림의 살수들이 살생부를… 공개했습니다."

"살생부라 함은…….."

"대부분이 꽤나 이름 있는 문파와 가문들의 장문인, 가주들의 이름이 올라와 있습니다. 때문에 살생부에 명단이 올라온 문파와 가문들이 차례대로 봉문을 자처하고 있습니다."

"오랜 기다림과 준비로군."

한순간에 마음먹고 저지른 일들이 아니었다.

아주 오랜 기간 동안 준비해온 등천.

사악교는 매순간 지금만을 위해 많은 것들을 준비했고,

그들이 준비한 날카로운 칼날이 이제는 구황천의 목덜미에 닿을 지경에 이르렀다.

"결전을 준비해주십시오."

"결전이라면 설마……."

"장기전은 저희에게 불리합니다. 저들은 무림맹을 무너뜨리려 수년 혹은 수십 년에 걸친 준비를 해왔을 겁니다. 그 결과가 지금 우리에게 보여 지고 있지 않습니까?"

장로들은 아무 말도 하지 못한 채 입을 다물었다.

구황천이 한 손가락을 들며 말했다.

"한 번."

그의 시선이 모든 장로들의 눈빛들을 담아내며 말했다.

"단 한 번의 싸움으로 이번 전쟁을 끝낼 겁니다."

늦은 밤.

달이 태양의 자리를 대신하고 있을 무렵, 구황천은 아무도 모르는 작은 정자에 홀로 앉아 술잔을 기울였다.

탁—

술잔을 내려놓은 구황천의 시선이 자신의 맞은편으로 향했다.

"오랜만이오."

다소 딱딱한 구황천의 목소리에도 맞은편에서 나타난 검은 장포의 사내는 입가에 미소를 머금었다.

"오랜만이네."

사내는 천천히 여유롭게 걸어와 구황천의 맞은편에 자리

를 잡았다.

구황천은 사내를 향해 술잔을 내밀었고, 사내는 익숙한 듯 술잔을 집어 들었다.

투명한 빛깔의 술이 사내의 잔을 가득 채웠다.

"어떻더냐. 마음에 들더냐."

"무엇이 말입니까."

"네가 원했던 게 아니더냐. 전대미문의 위기, 무림맹을 위협하는 거대한 위험."

탁—

사내가 술잔을 내려놓으며 진득한 미소를 지었다.

"사라진 마교를 대신하여 내가 이루어주지 않았느냐."

"맞습니다. 훌륭하게 이루어주셨더군요."

구황천의 메마른 시선이 사내를 향했다.

"형님."

"오랜만이구나. 네게 형이란 말을 듣게 되다니. 감회가 새롭군."

사내는 의자 등받이에 몸을 기대며 정자 주변의 풍경을 훑으며 만족스러운 듯한 표정을 지었다.

"하지만 정도가 넘으셨습니다."

이윽고 구황천이 날카로워진 눈빛으로 사내를 쏘아보자 사내는 구황천의 눈빛을 가볍게 무시한 채 어둑한 하늘을 올려다보았다.

"정도가 넘었다라… 설마 네 무림맹이 고작 이 정도에 무너진단 말이냐?"

"저는 단 한 번의 전투로 이 싸움을 끝낼 겁니다."

"나를 부른 이유가 그거로구나. 네 장단에 맞춰주길 바라는 것이냐."

"그렇습니다."

"단 한 번의 전투로 끝낸다라… 내가 오랫동안 세워온 모든 계획과 노력들을 한 번에 끝내란 말이더냐."

"그 자리에 오르기까지 형님 혼자만의 힘으로는 불가능했습니다."

"하하하!"

사내는 호탕하게 웃으며 자신의 손으로 탁자를 두어 번 내려쳤다.

구황천의 말이 어찌나 웃겼는지 그는 눈물까지 글썽이며 웃다가 고개를 세차게 끄덕였다.

"그래! 맞는 말이다. 동생인 너는 늘 맞는 말만 하는구나. 그래… 네가 없었다면 불가능했겠지. 내가 사악교를 세우고."

사내가 자리에서 일어나 탁자에 두 팔을 올리며 자신의 얼굴을 구황천에게 가까이하며 말했다.

"무림맹을 위협하는 사파조직의 우두머리가 되기까지 네 힘이 없었다면 불가능했겠지. 무림맹주… 구황천."

"알고 있다면 우리의 약속을 잊지 말고 지켜주십시오."

"알다 마다."

사내는 허리를 꼿꼿이 세운 채 구황천으로부터 등을 돌렸다.

뒷짐을 진 사내는 손을 흔들어 보인 후 정자를 떠나가며 말했다.

"할아버님께 안부 전해드리거라. 아무래도 못난 손자들 때문에 말년에도 바쁜 모양이니."

사내가 완전히 떠난 후 다시 홀로 남겨진 구황천은 술병을 병째로 들어 올려 술을 벌컥벌컥 들이마신 후 깊은 한숨을 내쉬었다.

"구황경… 너무 많이 기어오르는구나. 쓸모없는 실패작 주제에……."

"다녀오셨습니까."

산을 내려온 사내, 구황경의 곁으로 세 명의 흑의인과 부용 그리고 신녀가 다가왔다.

신녀는 구황경에게 다가와 가벼운 미소를 지었는데, 그 미소는 세상 그 어떤 여인들의 것보다 아름다웠다.

"신녀께서는 날도 추운데 여까진 무슨 일이십니까."

"교단을 떠날 일이 없던 교주님께서 수행원도 없이 산을 오르신다길래 궁금하여 나와 봤습니다."

"암존이 함께 있다하여도 신녀께서는 본교의 아주 중요한 존재입니다."

"그건 교주님도 마찬가지이지요."

신녀는 구황경에게 바짝 다가섰다.

"무슨 일인지 묻는 건 실례겠지요?"

흑요석을 박아놓은 듯 맑게 빛나는 신녀의 두 눈을 내려다보며 구황경은 피식 웃으며 신녀의 머리를 부드럽게 쓰다듬었다.

"물론입니다."

"그럼 묻지 않겠습니다. 돌아가시지요."

신녀가 앞장서서 걷자 흑의인 세 명이 신녀를 보호하듯 그녀의 곁에 바짝 다가섰다.

부용은 신녀를 흑의인들에게 맡긴 채 구황경에게로 다가왔다.

"어떻게 되셨습니까."

"단 한 번의 싸움으로 끝내길 원하더군."

"굳이… 맞춰 줄 필요는 없지 않습니까?"

"그래, 그놈의 장단에 맞춰 춤을 춰 줄 필요는 없지. 그런데 말이야…….."

구황경의 입가에 장난스러운 웃음이 번졌다.

"재미있을 것 같지 않은가."

"네?"

부용이 의아한 얼굴로 물어오자 구황경이 자신의 두 손을 꽈악 말아 쥐며 말했다.

"무림맹을 단 한 번에 무너뜨리는 것도 재미있을 것 같거든."

비산계(飛散計)

중원에 암운이 드리워졌다.

그 이유는 간단했다. 마교가 사라진 후 적수가 없을 거라 여겨졌던 무림맹의 앞에 사악교라는 미지의 존재들이 모습을 드러냈다.

그들은 상상을 뛰어넘는 강력한 힘으로 무림맹을 압박했다.

그리고 결국엔 무림맹과 사악교는 대등한 관계로 서로를 끝장낼 준비를 했다.

"이대로 둘 다 자멸했으면 좋겠는데."

소면이 말라붙은 식탁을 닦으며 허리를 꼿꼿이 세운 사강목은 어느새 줄어버린 손님들을 보며 중원의 분위기가 매우 흉흉해졌음을 온몸으로 체감했다.

"오늘은 손님이 매우 적은 모양이구나."

익숙한 목소리에 등을 돌린 사강목은 소면객잔을 찾아온 야차율을 웃는 낯으로 맞이했다.

"오셨습니까. 앉으시죠."

사강목의 안내에 의자에 앉은 야차율은 사강목이 내온 소면 한 그릇과 죽엽청 한 병을 바라보며 피식 웃었다.

"이게 그 유명하다던 흑선의 소면이로구나."

"맛 좀 보시죠."

"그럼."

야차율은 젓가락을 들어 뇌우명이 만들었다는 소면을 한 움큼 집어 입속에 밀어 넣었다.

면의 찰기와 탄력은 물론이요 면에 배어 있는 육수의 맛은 그야말로 대단했다.

"하하하! 기가 막히는구나."

"입맛엔 맞으십니까?"

"흑선은 의술보다는 요리를 배웠어야 했구나."

"손재주가 뛰어나시니 의술도 요리도 모두 뛰어난 재주를 갖고 계십니다. 게다가 흑선께서는 완벽주의자이시니까요."

"하긴, 그래서 딱딱한 부분도 없잖아 있지."

야차율은 죽엽청을 들어 사강목에게 잔을 내밀어주었다.

"한잔 받거라."

"제가 먼저 따라드리겠습니다."

"아니다. 오늘은 내가 먼저 주고 싶구나."

"알겠습니다."

사강목은 두 손으로 공손히 야차율의 술을 받았고, 뒤이어 그의 술잔에 술을 채워주었다.

"그 작은 아이가… 이렇게까지 커버렸구나. 아무것도 모르던 천둥벌거숭이가…….."

"세월은 누구에게나 공평하게 흘러갔으니까요."

"그렇지…….."

야차율은 사실 사강목이라는 아이를 잘 알지 못했다. 그만큼 사강목은 어렸고, 존재감이 없는 마교의 꼬맹이에 불과했던 것이다.

그러나 그 누가 알았으랴. 누구도 신경 쓰지 않던 마교의 작은 꼬맹이가 다 쓰러져가는 마교를 일으켜 세우고, 죽은 줄 알았던 투신의 제자를 찾아낼지.

지금껏 주군에 대한 복수만을 생각해온 야차율은 사강목에게 감히 고개를 들 수 없을 지경이었다.

"미안하구나."

대뜸 사과를 하는 야차율을 향해 사강목이 손사래를 쳤다.

"대주께서 제게 사과를 할 이유가 뭐가 있겠습니까. 그저 저희와 함께 있으신 것만으로도 감사할 따름입니다. 게다가 대주님 덕에 교주님이 천마의…….."

"지옥도라고 들어보았느냐."

야차율이 사강목의 말을 끊고 지옥도에 대해 묻자 사강목이 고개를 끄덕였다.

"들어보았습니다. 최근 사파 무림에서 화두로 떠오르고 있는 게 바로 지옥도가 아닙니까. 쯧… 아귀니 지옥도니 하는 허무맹랑한 것을 믿다니 어서 마교가 제자리를 찾아야 할 것 같군요."

"그 지옥도는 천마도를 의미하는 게다."

"예……?"

사강목이 이해가 되지 않았다는 얼굴로 술잔을 내려놓았다.

"그게… 무슨 말씀이십니까? 지옥도가 천마도라니?"

"그 말 그대로다. 지옥도는 천마도의 이명(異名)이다."

"하지만 어떻게…? 천마도는 대주님이 갖고 계신 지도 외에는 찾아갈 수 있는 방법이 없지 않습니까?"

"그래. 네 말이 맞다. 그래서 내가 몇몇 문파들을 선별하여 그들에게 천마도의 위치를 알려주었다. 천마의 무공과 함께 마교의 신물, 천마신검이 함께 있다고 알려진 천마도는 좋은 미끼였지."

쾅—!

자리를 박차고 일어선 사강목이 부리부리해진 눈길로 야차율을 노려보았다.

"왜 그러신 겁니까."

"왜냐고 물었느냐."

"예! 왜 그러신 겁니까!!"

사강목의 외침과 함께 소면객잔이 통째로 흔들렸다.

언뜻 살의마저 느껴지는 사강목의 분노는 정확히 야차율을 향하고 있었다. 그럼에도 야차율의 목소리는 담담했다.

"제물이 필요했다."

"제물이라고요?"

"그래, 너는 투신의 무공이 무엇이라 생각하느냐."

야차율의 질문에 사강목은 아무 말도 하지 못했다. 그가 알고 있는 투신의 무공에 대한 건 그저 지강천의 무공이라는 것 외에는 없었기 때문이었다.

사강목이 침묵하자 야차율이 말을 이었다.

"지강천님은 살아 숨 쉬는 동안 계속해서 싸우셨다. 그분께서 싸우는 이유란 존재하지 않았다. 그저, 강자가 있다면 찾아가 싸웠고, 승리하셨다. 지강천님께서 강한 이유는 끊임없는 강자와의 생 사투에서 모조리 승리하셨기 때문이다."

"고작 그런 이유로……!"

"고작? 투신과 싸움은 뗄래야 뗄 수 없는 관계다! 하지만 내가 봐온 교주님은 싸움을 즐기시지 않는 분이셨다. 게다가 검신이 교주님의 목을 노리고, 무림맹과 사악교가 약해진 교주님의 목덜미를 물어뜯으려 하고 있었지! …그러니 내가 어떻게 하면 좋겠느냐."

여전히 사강목은 아무 대답도 할 수 없었고, 야차율은 말을 이어나갔다.

"천마도라는 알려지지 않은 섬에서 교주님의 성장을 도울 제물들을 끊임없이 보내는 것. 그것이 내가 생각해낸 최선책이었다."

야차율의 얘기가 끝나자 사강목은 두 다리에 힘이 풀려버렸는지 의자에 도로 몸을 앉혔다.

지금껏 수많은 사파 무림의 공포로 여겨졌던 지옥도가 사실은 천마도였고, 악귀라 불리는 자가 마교의 교주인 태무선이었다니.

양손으로 얼굴을 감싼 사강목이 떨리는 목소리로 물었다.

"교주님은⋯ 무사하신 겁니까."

"아마도. 만약 무사하지 못하다면⋯ 마교는 그걸로 끝이다."

인사도 없이 소면객잔을 빠져나온 야차율은 땅거미가 내려앉은 세상을 조용히 둘러보았다.

벌레의 작은 울음소리도. 새의 지저귐도 오늘만큼은 그 어떤 소리도 야차율의 귓가에는 들려오지 않았다.

"대주님."

조용한 적막함 사이로 한 소녀의 목소리가 들려오자 야차율이 고개를 끄덕였다.

"때가 된 모양이구나. 내가 말 한 것들은 모두 기억하고 있느냐."

"기억하고 있습니다."

"그렇다면 다행이구나."

야차율의 시선이 소면객잔으로 향했다. 어쩌면 마지막이 될…….

"느껴선 안 될 것을 느껴버린 모양이야. 나도 늙었군."

여전히 입가에 감도는 소면객잔의 소면 맛.

짧은 기간이었지만 사강목과 마중혁 그리고 뇌우명과 함께한 삶은 나쁘지 않았다.

오히려 복수라는 일념 하에 살아온 지금까지의 삶과 그의 목적이 잊힐 만큼 즐거웠다.

그러나 야차율은 행복한 삶으로부터 등을 돌렸다. 그에겐 해야 할 일이 남아 있었기에.

"네게 이런 잔인한 일을 맡겨 미안하구나."

"제 역할입니다. 미안해하지 않으셔도 됩니다."

"후."

과거라면 미안해 할 일이 아니었을 것이다. 나이가 들어버린 탓인가 야차율은 자신이 감정적으로 변했음을 느꼈다.

주먹을 말아 쥔 야차율은 자신도 모르는 사이에 피어난 감정을 애써 죽였다. 망설임은 칼날을 무뎌지게 만들 뿐이었다.

"가자."

"예."

야차율이 자리를 떠나고 나자 뇌우명이 홀로 앉아 있는 사강목의 곁으로 다가와 그의 옆에 앉았다.

"야 대주를 이렇게 보내도 괜찮은 게냐?"

"교주님은… 아무 죄도 없으신 분입니다. 그분은 그저… 지강천님의 제자라는 것 외에는 마교와는 아무런 관련도 없으셨죠."

사강목의 얘기를 듣고 있던 뇌우명은 말없이 죽엽청을 꺼내 비어 있는 그의 잔에 술을 따라주었다.

"제가 그분을 마교로… 그리고 교주로 끌어들었습니다."

"죄책감을 느끼고 있는 게냐."

"어찌 안 느끼겠습니까. 교주님은 저로 인해 검신으로부터 죽임을 당할 뻔하였고, 이제는 천마도에 갇힌 채 투견마냥 살아남기 위한 싸움을 벌이고 있으셨습니다. 그런데… 부하라는 놈은 객잔을 열어 소면이나 팔고 앉아 있었죠."

사강목은 떨리는 손길로 잔을 들어 술을 비웠다.

"정작 다치고… 위험해져야 할 저는 이렇게 평온하게 앉아 시간이나 때우고 있습니다."

뇌우명이 손을 뻗어 사강목의 어깨에 손을 얹었다.

"자책하지 말거라. 꼬맹이는 스스로의 운명을 스스로 선택했어. 그 녀석은 마교의 교주가 되지 않을 수 있었지만, 교주가 되는 것을 선택했지."

"알고 있습니다. 하지만……."

"넌 네 주군을 믿지 못하는구나. 그 꼬맹이는… 꼬맹이지만 누구보다도 강한 심지를 가진 녀석이다. 그러니 투신의 제자가 된 것이 아니겠느냐."

투신의 제자.

지강천이 어떤 자인지 잘 알고 있는 뇌우명의 말이었다.

사강목은 고개를 끄덕이며 야차율이 앉아 있던 빈자리를 응시했다.

"맞는 말씀이십니다… 다음에 만나면 사과드려야겠군요."

"그러거라. 일단은 좀 쉬어두거라 당분간 중원이 떠들썩하지 않겠느냐."

"알겠습니다."

자리에서 일어난 사강목은 어지러워진 자리를 정돈하며 닫힌 문 너머를 바라봤다.

야차율이 떠난 자리엔 적막한 어둠만이 내려앉아 있었다.

* * *

다음날 아침.

새벽이슬이 채 가시기도 전에 야차율은 밑동만 남은 나무에 앉아 자신과 오랜 시간 함께 해온 그의 애검인 삭운(削雲)의 검집을 매만졌다.

"오랫동안 넌 내 곁을 지켜주었지. 하지만 오늘은 안 되

116

겠구나."

깊은 주름사이로 후련한 미소를 지어낸 야차율은 고개를 오른쪽으로 돌렸다.

그가 향한 오솔길 사이로 한 노인이 뒷짐을 진채 나들이를 나온 듯 여유로운 발걸음으로 오솔길을 따라 걷고 있었다.

노인은 야차율을 발견하고는 그의 곁으로 천천히 다가와 입술을 뗐다.

"오랜만이네. 잘 지냈는가."

"덕분에 심심할 틈이 없었소."

"하하. 보아하니 나를 기다린 것 같은데. 내가 너무 늦은 겐가?"

"아니, 아주 적당한때에 오셨소."

자리에서 일어난 야차율은 삭운의 손잡이를 움켜쥐며 자신의 앞에 선 노인을 향해 내공을 끌어올렸다.

아주 오랜 기간 단 한명의 노인을 위해서 준비해온 내공이었다.

'내가 이길 거라는 기대는 하지 않는다.'

야차율은 자신이 이길 거라는 일말의 기대감조차 갖지 않았다.

그러나 자신에게 주어진 얼마 남지 않은 삶의 끝에서 야차율은 선택했다.

자신의 끝을.

"자네는 내게 도전했고, 패배했지. 자네가 살아나간 것은 자네가 뛰어났기 때문에도… 운이 좋았기 때문에도 아니야."

뒷짐을 지고 있던 노인이 왼손은 여전히 뒷짐을 진채로, 오른손을 앞으로 내밀었다.

"내가 자넬 놓아주었기 때문이야."

"내 그걸 모를 것 같소."

"나는 그다지 자비롭지 못해서 말이야. 두 번씩이나 자넬 놓아줄 생각은 없네."

"좋은 생각이오."

야차율의 몸에서 무시무시한 기백이 흘러넘쳤다.

그의 발끝에서 불어오기 시작한 내공의 소용돌이가 종아리와 허벅지를 타고 솟구쳐 야차율의 온몸을 감싸 돌기 시작했다.

검붉은 색의 회오리가 야차율의 온몸을 휘어 감았고, 그의 검신에서 날카로운 검강이 피어올랐다.

"나 역시 살아나갈 생각은 없으니."

"죽음이라… 탈혼귀영대도 오늘로써 마지막이로군."

"나의 끝이지."

야차율의 신형이 순식간에 자취를 감췄다.

"수준을 논할 수조차 없는 아주 훌륭한 궁신탄영일세."

몸을 활처럼 구부린 후 엄청난 탄성과 함께 몸을 움직이는 최고수준의 경신법. 궁신탄영을 펼친 야차율의 모습은 두 눈으로 쫓을 수 없을 만큼 빨랐다.

게다가 그가 손에 쥔 검은 얼마나 빠르던가.

"나는 검신이기 전에 무인이었네. 그렇다보니 훌륭한 무인과의 싸움은 언제나 내 가슴을 두근거리게 만들지. 바로 지금처럼."

구황목이 오른손을 들어 자신의 목덜미를 노리고 베어 들어온 야차율의 검신을 막아냈다.

까앙—!

도저히 맨손과 검신이 맞부딪쳐 난 소리라고는 할 수 없을 만큼 청아한 울림이 숲속을 가득 채웠다.

"자네가 죽음을 각오한 만큼 재미있는 싸움을 기대해도 되겠지?"

여유로운 표정을 짓고 있는 구황목을 향해 야차율이 그야말로 야차와 같은 얼굴로 진한 미소를 띠었다.

"그럼! 물론이오."

뒤로 몸을 날린 야차율이 허공에서 검을 세차게 휘둘렀다.

그는 순식간에 열 번의 검격을 휘둘렀고, 한 번의 검격에 담긴 맹렬한 기세의 검강은 검신을 향해 비처럼 쏟아져 내렸다.

콰가가강—!

대지가 울리고 숱한 세월을 살아온 거목들은 야차율의 검기에 잘려나갔으며, 딱딱히 다져진 대지에는 흉흉한 검흔이 새겨졌다.

"거력의 검기를 날린 후 이어지는 매서운 찌르기."

피어오르는 모래먼지 사이로 야차율의 검끝이 구황목의 얼굴 바로 앞에서 멈춰 섰다.

그의 애검, 삭운을 멈춰 세운 것은 구황목의 두 손가락이었다.

"자네의 주특기가 아닌가. 탈혼귀영대주."

"역시 당신에게는 일말의 틈도 찾아볼 수 없구려."

"자넨 말이랑 행동이 따로는 노는 구만."

"칭찬으로 듣겠소."

삭운의 검끝에서 뭉쳐진 둥근 모양의 검붉은 기운이 구슬처럼 합쳐지며 폭발했다.

검신이라면 자신의 찌르기 따위야 당연스럽게 두 손가락으로 막아낼 것을 짐작하고 있던 야차율이 검 끝에 기운을 담아낸 후 한 번에 터트린 것이다.

'겨우 이런 것에 당할 검신이 아니다!'

그의 검환이 정확히 검신의 얼굴 앞에서 터지는 것을 확인했지만, 그럼에도 야차율은 방심할 수 없었다. 삭운은 여전히 검신의 손에 붙들려 있었기에.

'일단 삭운을 빼내야 해!'

야차율은 두 발을 뛰어올라 구황목의 복부를 차며 검을 빼낸 후 공중제비를 돌며 바닥에 내려앉았다.

"이런."

바닥에 내려앉으며 자세를 고쳐 잡기도 전에 야차율은 몸을 뒤로 날려야 했다. 어느새 그의 앞으로 다가온 구황목이 오른손을 휘두르고 있었던 것이다.

'검신에겐 맨손도 천하의 명검이나 다름없다.'

검신의 진정한 두려움은 그의 온몸이 천하의 명검이나 다름없다는 점이었다.

온몸이 검이 될 수 있는 존재. 그가 바로 검신, 구황목이었다.

"재미있는 장난이었네. 야차율."

구황목이 왼발로 바닥을 내려찍자 거력의 기운이 야차율을 덮쳐왔다.

"크윽!"

완전한 압도. 내력의 차이가 그야말로 하늘과 땅 차이였다. 진각을 한 번 밟았을 뿐인데도 야차율은 몸을 움직일 수가 없었다.

그리고 그 순간, 검신의 오른손이 야차율을 향해 덮쳐왔다.

'아직은 아니다!'

자신이 검신을 이길 수 없음은 누구보다 잘 알고 있었다.

그러나 적어도 아직은 죽을 때가 아니었다.

"크흐흡!"

단전내의 내공을 있는 힘껏 끌어올린 야차율은 삭운의 검끝을 지면에 꽂아 넣었다.

삭운의 검끝이 바닥에 꽂히는 순간, 야차율의 발아래에서 커다란 폭발이 일어났다.

콰앙—!

굉음을 내는 폭발과 함께 야차율의 신형이 왼쪽으로 튕겨나갔고, 구황목의 오른손은 허공을 갈랐다.

  '왜지.'

  굉음성과 함께 바닥을 구른 뒤 자세를 고쳐 잡는 야차율을 보며 구황목은 의문에 빠졌다.

  '자신이 내게서 이길 수 없음을 야차율, 본인도 알고 있을 테지.'

  "후우… 후우……."

  야차율의 이마에서 흘러내리는 핏물이 나뭇가지처럼 여러 개의 줄기로 뻗어져 내려가 야차율의 턱 아래로 흘러내렸다.

  '그럼에도 내게 덤비는 것은 그만한 이유가 있을 터…….'

  구황목은 폭발의 여파로 피를 흘리고 있는 야차율을 바라봤다.

  자신의 압박에서 벗어나기 위해 스스로를 상처 입히며 돌아섰다.

  "야차율. 스스로 목숨을 바치는 것은 단순히 무인으로서의 긍지인가… 아니면 내게서 뭘 원하는 건가?"

  구황목의 물음에 야차율은 입가에 고인 핏물을 뱉으며 눈매를 가늘게 좁혔다.

  '역시 검신인가…….'

  최대한 오랫동안 검신과 싸우는 것이 좋겠지만, 야차율은 그럴 수 없음을 깨달았다.

'시간을 오래 끌면 그 아이가 위험해.'

야차율은 심호흡을 하며 뒤죽박죽으로 날뛰는 내공을 갈무리했다.

'어쩔 수 없지.'

마음을 다잡자 그의 애검인 삭운이 주인의 생각을 읽기라도 한 것인지 검명을 울리기 시작했다.

"네가 나를 위해 울어주는 게냐."

야차율은 검명을 내뿜는 삭운을 내려다보며 애틋한 미소를 지었다.

끝이 다가왔기에 야차율은 자세를 낮추며 검신을 자신의 뺨에 가져다댔다.

"당신은 내 주군인 지강천님을 쓰러뜨리셨소. 나는 내 주군을 지키지 못하였으니… 내 마지막 소임이자 삶의 의미를 지키려는 것뿐이오."

"야차율… 새 마교주는 어디 있나."

"역시 당신의 목표는 우리의 새 교주님이신가."

"죽은 줄 알았던 지강천이 자신의 제자를 길러냈더군. 그것도… 투신의 길을 걷고 있는 사내였네."

"그 어린 무인을 당신은 심검을 쓰면서까지 죽이려 하였소."

"어리다라… 그래, 어렸지. 그래서 두려운 걸세."

야차율은 대답을 하는 대신 내공을 갈무리하며 최후의 일격을 준비했고, 구황목은 점점 더 날카로워지는 야차율의 기세를 온몸으로 느끼며 입을 열었다.

"그 어린 무인이 성장하게 되어 진정한 투신으로 거듭난다면… 그때쯤 나는 이 세상에 없을 테니까."

검의 정점에 달하여 검신이라 불리는 구황목조차도 세월의 흐름은 멈출 수 없었다.

구황목의 말대로 그가 세상을 떠날 때쯤 태무선은 진정한 투신으로 거듭나 마교를 이끌 것이다.

"그렇게 무림맹이 걱정된다면 사악교나 먼저 처리하는 게 낫지 않겠소? 다 망해가는 마교보다는…….."

야차율이 억울하다는 듯 장난스레 묻자 구황목이 어깨를 주무르며 고개를 끄덕였다.

"사악교는 내 손주 녀석에게 주어진 지상과제일세. 내 시대의 무림맹이 존재할 수 있었던 이유는 마교라는 경쟁자가 있었기 때문이야. 이번엔 그 대상이 마교에서 사악교로 변했을 뿐."

"그 말은… 천하의 검신께서 사악교보다 우리 어린 교주님을 더욱 경계하고 있다는 말이로구려."

"뭐… 부정하진 않겠네. 지강천 그 친구는 내가 만나본 그 어떤 무인들보다도 강했으니까."

벽력탄을 쓰지 않았다면 어떻게 되었을까.

지강천과의 최후 일전에서 정정당당히 맞섰다면 그 싸움의 승자는 누가 되었을까.

그날 이후로 구황목은 매일 같은 질문에 직면했고, 오랜 세월이 지난 지금도 여전히 답을 내리지 못했다.

"어린 교주님은 당신조차 닿을 수 없으며, 찾을 수 없는 곳에 계십니다."

"하긴, 지난 몇 년 간 내가 찾은 거라곤 자네의 흔적뿐이었지. 그마저도 나를 꿰어내기 위한 미끼인 듯싶지만."

맹의 도움도 받았고, 자신의 인맥을 총 동원했다.

투신의 핏줄을 끊어내기 위하여 검신이 직접 움직였지만, 태무선의 흔적은 그 어디에서도 찾을 수 없었다.

"그래서 방법을 바꾸기로 했네."

축 늘어뜨린 구황목의 오른손에서 투명한 빛의 칼날이 솟구쳤다.

'검신의 심검(心劍).'

그건 검이라 표현 할 수 없었다.

그저 세상 그 어떤 방패로도 막을 수 없는 불방(不防)의 존재. 검신의 심검을 마주한 야차율은 드디어 때가 왔음을 깨달았다.

'때가 왔는가.'

수십 년 간 이 순간만을 생각해왔고, 각오를 다졌다. 죽음의 공포 앞에서도 초연해졌으리라 여겨졌거늘…….

"쓸데없는 짓을 해버렸군."

입가에 감도는 소면의 맛을 떠올린 야차율의 머릿속에 사강목과 뇌우명의 얼굴이 스쳐지나갔다.

그가 살아온 생애에 비하면 매우 짧은 순간이었지만, 그들과의 만남은 짧은 세월이 무색하리만큼 가치 있었다.

'인사를 드리지도… 사과를 드리지도 못한 채 떠나가는

걸 용서하십시오.'

끝으로 어린 마교의 교주, 태무선을 떠올린 야차율은 긴 호흡과 함께 모든 미련을 떨쳐냈다.

사자(死者)의 검.

야차율의 신형이 심검을 꺼내든 구황목을 향해 빠르게 다가갔다.

그의 모습은 마치 유령과도 같이 신묘하게 움직이며 구황목과의 거리를 좁혔다.

"탈혼귀영대의 대주 야차율."

정사대전 당시 탈혼귀영대는 그야말로 정파 무림의 공포 그 자체였다.

그중에서도 탈혼귀영대의 대주 야차율은 야차(夜叉) 혹은 귀검(鬼劍)라 불리었으며, 평범한 검사들과는 궤를 달리하는 검법을 구사했다.

그중에서도 가장 위험하고도 두려운 검법이 바로 사자검(死者劍).

"같은 검사로서 자네를 존경하네."

구황목은 한걸음을 내딛는 것으로 야차율의 바로 앞으로 다가갔다.

그 순간, 야차율의 신형이 빠르게 회전하며 그의 몸에서 다섯 갈래의 검기가 뻗어 나와 기형적인 모습으로 구황목을 베어나갔다.

하지만 구황목의 오른손은 그보다 빠르게 움직이며 야차율의 검기를 모조리 잘라냈다.

"흡!"

야차율은 멈추지 않고 움직이며 구황목의 허벅지와 가슴 그리고 목덜미를 향해 검을 휘둘렀다.

그의 몸에서 뻗어나간 검기는 마치 구체화된 원혼처럼 구황목을 사방에서 몰아쳤으나, 구황목의 몸에는 일말의 상처도 생기지 않았다.

"끝으로… 동시대의 검사로서 자네는 훌륭한 검사였 네."

구황목의 왼손이 눈부신 속도로 날아가 야차율의 왼쪽 어깨를 움켜쥐었고, 그의 오른손에 깃든 심검이 야차율의 가슴에 겨누어졌다.

"나도 동감이오. 당신은… 그 누구보다 강한 검사요."

촤악—!

붉은 핏물이 부채처럼 펼쳐지며 구황목의 시선을 가득 메웠다.

뒤이어 부채꼴로 펼쳐진 핏물이 좌우로 갈라지며 짧은 빛이 번뜩였다.

* * *

"오늘은 손님이 없구나."

"아무래도 중원이 요즘 흉흉하지 않습니까. 손님도 없으 니 오늘은 일찍 문을 닫아야 할 것 같군요. 마중혁 놈도 봐 야 할 것 같고."

"중혁이 놈은 요즘 뭘 하더냐?"
"야 대협에게 참철마도의 비급서인 참혼무영도를 받고 나서 무공에 매진하는 것 같더군요."
"하긴……."
소면객잔에 사람이 없자 뇌우명은 주방에서 나와 책을 읽으며 시간을 보냈고, 사강목은 소면객잔의 문을 닫기 위해 객잔을 정리해 나갔다.
그때였다.
딸랑—!
하루 종일 굳게 닫혀 있던 소면객잔의 문이 스윽 열리며 한 사내가 모습을 드러냈다.
"여기가 그 유명한 소면객잔입니까?"
"그렇소."
일거리가 생겼다는 생각에 책을 덮고 자리에서 일어난 뇌우명의 앞에 사강목이 섰다.
그의 우람한 등을 발견한 뇌우명이 의아한 표정을 짓고 있을 무렵 사강목은 날카로워진 눈매와 목소리로 사내를 향해 입을 열었다.
"손님은 아닌 듯한데… 여기는 어쩐 일이지?"
한껏 날이 선 사강목의 목소리에 뇌우명이 몸을 긴장시키며 소면객잔을 찾아온 사내를 바라봤다.
꽤나 유쾌한 표정을 짓고 있던 사내는 소면객잔을 둘러보며 고개를 천천히 끄덕였다.
"천하의 흑도마수가 이곳에서 객잔 주인노릇이나 하고

있다 길래 믿기지 않았는데… 사실이었구려. 하하하! 덕분에 찾는데 시간이 조금 걸렸습니다."

"너는 누구냐."

"누구냐고 물어보면 대답해 드리는 게 인지상정이겠지요."

사내는 사람 좋은 웃음을 지으며 양손을 넓게 펼친 후 고개를 살짝 떨구었다.

"중원 최고의 살수조직인 비림, 그 중에서도 아랑단의 단주인 백은섭이라고 합니다."

소안귀검. 비림, 아랑단의 단주. 백은섭.

그의 등장에 사강목은 머리에 두르고 있던 두건을 벗어 던지며 내력을 끌어올렸다.

흑도마수의 존재감이 소면객잔을 가득 메우기 시작하자 백은섭이 손사래를 치며 놀란 듯한 표정을 지었다.

"어이구! 역시 흑도마수! 엄청난 위압감이로군요. 이거… 무서워서 감히 움직일 수가 없군요."

"헛소리는 그만 지껄이고 날 찾아온 이유나 말해라."

"솔직히 말하자면… 저는 흑도마수께 관심이 없습니다. 당신을 상대할 사람은 따로 있었는데… 보이질 않는군요. 요즘 이 녀석이 제 말을 도통 안 들어서 말입니다."

"볼 일이 없다면 꺼져라. 네 면상을 짓이겨 찢어버리기 전에."

"흠… 생각해보니 볼 일이 없는 건 아니군요. 흑도마수라면 교주도 만족할만한 제물이 될 테니까요."

백은섭이 웃는 얼굴로 허리춤에 꽂혀 있던 검에 손을 올리자 사강목이 양손을 들어올렸다.

사강목의 두 손이 흑색으로 물들어갔다.

"혹시 눈치 채셨습니까?"

백은섭의 물음에 사강목이 고개를 끄덕였다.

"사실 웃음이 나오려는 구나."

"제가 조금 편안한 얼굴이기는 하지요."

"고작… 이 따위 숫자로 나를 잡으려 했다고 생각하니… 웃음을 참을 수가 없어. 차라리 잘되었다."

사강목의 얼굴에서 싸늘한 미소가 지어졌다.

"여기서 모조리 죽여주마."

콰아앙—!!

거대한 폭음성과 함께 두 명의 흑의인이 목숨을 잃은 채 바닥에 널브러졌다.

거력의 기운을 머금은 두 개의 흑수.

그의 주변에는 열 명이 넘는 흑의인의 시체가 쓰러져 있었고, 어느 하나 온전한 시체가 없었다.

"휘유! 역시 흑도마수인가."

무림오강에 버금가는 힘을 가졌다고 알려진 흑도마수의 힘을 눈앞에서 목도한 백은섭은 팔짱을 낀 채 흥미로운 눈빛을 지었다.

비림의 살수 서른 명이 사강목을 에워싸고 사방에서 칼날을 날려댔으나 그들의 칼날은 사강목의 몸에 닿지 않았다.

"고작 이게 전부냐."

사강목은 오른손에 붙들린 흑의인의 목을 꺾어 부러뜨린 후 아무렇게나 내던졌다.

"비림의 살수들도 별 거 아니로구나."

"저희가 별거 아닌 것보다 흑도마수의 힘이 대단하다고 여기는 것이 맞지 않겠습니까."

"네놈은 그저 서서 구경만 할 것이냐. 아니면 도망칠 준비를 하고 있는 것이냐."

"고민 중입니다."

"고민 중이라… 그래, 내가 네 고민을 덜어주마!"

사강목이 신형을 붕 뛰어올라 백은섭을 향해 날아들었다.

백은섭은 다가오는 사강목을 가만히 바라보다가 허리춤에서 검을 뽑아들며 한숨을 푹 내쉬었다.

"분명 혼날 텐데… 어쩔 수 없나."

꽈앙!

사강목의 흑수와 백은섭의 검이 맞부딪쳤다.

"힘이 장사시네요."

뒤로 다섯 걸음 물러선 백은섭이 너스레를 떨며 말하자 사강목이 자신의 흑수를 거둠과 동시에 백은섭을 향해 장을 날렸다.

"흑도마수의 묵룡장(墨龍掌)이라!"

닿는 것만으로도 넘치는 마기로 인해 살이 썩어 들어간다는 흑도마수의 묵룡장을 간발의 차이로 피해낸 백은섭은 사강목의 묵룡장에 의해 검게 타들어버린 바닥을 내려다보며 휘파람을 불었다.

"직접 보니 더욱 대단하군요."

"맞아보면 더 대단할 게다!"

"그건 사양하죠!"

백은섭의 모습이 연기처럼 사라졌다.

'기척이 사라졌다!'

사강목은 백은섭의 기척이 완전히 사라졌음을 깨닫고는 얼굴을 굳혔다.

'어디냐.'

온몸의 감각을 일깨운 사강목은 호흡을 이어나가며 근육들을 긴장시켰다.

지나가는 벌레의 걸음걸이조차 들릴 만큼 예민해진 청각으로 주변을 경계하던 사강목은 사뿐거리는 발걸음이 들리는 곳을 향해 고개를 돌렸다.

'여기냐!'

사강목의 흑수가 소리가 난 곳을 향했다. 하지만 사강목은 손을 뻗지 못했다.

백은섭이 있을거라 여겨졌던 그곳엔 백은섭 대신 한 여인이 서 있었기 때문이었다.

"안녕하세요."

부드러운 목소리로 인사를 건네 오는 여인.

흑요석을 박아 넣은 듯 검게 빛나는 두 눈동자와 칠흑의 머리칼.

이름난 장인이 자신의 혼을 담아 깎아낸 듯 완벽한 이목구비를 갖춘 여인은 화사하게 웃는 얼굴로 사강목을 향해 웃음꽃을 피웠고, 사강목은 아무것도 할 수가 없었다.

'어찌 저렇게 아름다운…….'

순간이지만 넋을 놓을 뻔한 사강목은 정신을 차리고는 여인에게서 고개를 돌리며 숨을 헐떡였다.

"섭혼술!"

여인의 외모와는 별개로 사강목은 자신을 사로잡는 정체불명의 기운의 정체를 깨달았다.

사람의 혼을 빼앗는다고 알려진 섭혼술, 여인에게서는 섭혼술의 기운이 느껴진 것이다.

"과연 흑도마수로군요. 신녀님의 섭혼술을 뿌리치다니."

어느새 사강목의 뒤를 점한 백은섭이 사강목의 귓가에 조용히 속삭였다.

"훌륭하시군요."

"이 개같은 놈들!"

사강목이 몸을 회전시키며 팔을 휘젓자 그의 손바닥에서 뿜어져 나온 묵색의 기운이 객잔 곳곳을 터트렸다.

스치기만 해도 중상.

정면으로 맞으면 죽음을 피할 수 없다는 만악흑룡장을 사방으로 펼치며 물러선 사강목은 미모의 여인과 함께 서 있는 백은섭을 발견했다.

백은섭은 여유로운 미소를 띠며 자신의 검을 빙빙 돌렸다.

"감당할 수 있으시겠습니까."

"겨우 같잖은 섭혼술 따위로 이 사강목을 어찌 할 수 있을 거라 믿은 게냐!"

"하하하! 어찌할 수 있을지 없을지는… 보면 알게 되겠죠."

검을 빙글 돌리던 백은섭이 사강목을 향해 뚜벅 뚜벅— 걷기 시작했다.

다가오는 백은섭을 향해 사강목은 양손을 들어올렸다.

'시간을 오래 끌면 안 된다!'

정체를 알 수 없는 섭혼술의 대가가 백은섭과 함께하고 있었다. 그러니, 시간을 오래 끌면 안 된다 생각한 사강목은 자신의 절기를 준비했다.

양손을 모은 사강목이 기운을 모으자 그의 양손에서 뿜어져 나온 묵색의 기운이 그의 손 안에서 둥글게 회전하기 시작했다.

"흑도마수의 파륜묵화장입니다. 위험할 수 있으니 물러서시지요."

백은섭이 신녀를 향해 경고했으나 그녀는 오히려 재미있다는 듯 빙긋 웃으며 백은섭을 앞질러 걸어 나갔다.

"글쎄요. 보면 알게 되겠지요, 백 단주."

"신녀님께서 다치면 제 입장이 곤란해집니다."

"어머, 이러려고 절 데려온 게 아니셨나요?"

"그건 맞지만……."

"그럼 요긴하게 사용하셔야죠. 후훗."

여인은 파륜묵화장을 준비하고 있는 사강목을 향해 사뿐히 걸어 나갔다.

그런 여인을 향해 사강목은 꾹꾹 눌러담는 듯한 목소리로 외쳤다.

"휘말리면 네 목숨도 장담할 수 없다. 그러니 썩 꺼져라!"

"상냥도 하셔라… 제 이름은 비현이라고 합니다."

"남의 경고를 더럽게도 안쳐먹는 이름이로구나!"

더 이상 봐줄 수 없었다.

상대가 섭혼술 외의 무공을 전혀 모르는 여인이라고 하더라도 사강목은 한 번 모으기 시작한 파륜묵화장의 기운을 되돌릴 수 없었다.

할 수 없이 끝을 보기로 마음먹은 사강목은 양손을 머리 위로 들어올렸다.

"부디 날 원망하지마라!"

사강목이 자신의 양손에서 소용돌이치고 있는 거력의 힘이 담긴 묵색의 기운을 있는 힘껏 내려찍었다.

그와 동시에 여인의 목소리가 들려왔다.

"절 다치게 하고 싶으신 건가요?"

딸랑—!

사강목은 어디선가 종소리가 들려오는 듯 했다. 그리고

그 순간, 사강목의 양손에 깃들어 있던 거력의 기운이 연기처럼 사라져갔다.

그 모습을 바로 앞에서 지켜보던 비현이 눈웃음을 지으며 텅 빈 사강목의 손을 맞잡았다.

"역시 절 다치게 하고 싶지 않으셨던 모양이에요."

"너… 너… 어떻게……."

파륜묵화장의 기운이 한순간에 먼지처럼 사라져버렸다. 도대체 이게 어떻게 된 일일까.

사강목은 마치 꿈이라도 꾸고 있는 듯한 기분이었다.

'이 여자는… 마녀인가.'

마치 뭔가에 홀린 듯 사강목은 온몸에 힘이 빠지는 것만 같았다. 그리고 이에 맞춰 백은섭의 검이 사강목의 두 다리를 뒤에서 베었다.

피가 튀기고 살갗이 베이며 잘린 근육이 그대로 드러났지만, 사강목은 고통을 느끼지 못한 채 제자리에 주저앉았다.

"천하의 흑도마수도 신녀님의 마력에게선 벗어날 수 없는 모양입니다."

"마력이라뇨. 그러니까 정말로 제가 마녀 같잖아요."

"마녀라니요. 신녀님은 누구보다도 아름답고 성스러운 분입니다."

"칭찬 고마워요."

백은섭과 비현의 대화소리가 아득해지며 점점 작게 들려올 무렵, 사강목은 마지막 힘을 쥐어짜내어 손을 품속에 집어넣었다.

그러자 아주 오랫동안 품속에 간직해오던 그의 죽통이 만져졌다.

"흐읍!"

사강목이 품속에서 죽통을 꺼내어 주방을 향해 내던졌고, 뇌우명이 기다렸다는 듯 사강목의 죽통을 받아 든 채 주방의 안쪽으로 달려 들어갔다.

"잡아와."

백은섭의 명령에 맞춰 흑의인 다섯 명이 사라진 뇌우명의 뒤를 쫓았고, 백은섭은 사강목의 목뒤를 후려쳐 그를 기절시켰다.

"마지막까지 귀찮게 하는군."

흐릿해지는 시야 너머로 사라져가는 뇌우명을 보며 사강목은 눈을 감았다.

'죄송…합니다.'

* * *

"죽음을 각오하고 덤벼드는 놈보다 강한 건 없지."

구황목이 자신의 목 아래에 옅게 새겨진 검상을 손끝으로 매만지자 그의 손끝에 붉은 핏물이 묻어나왔다.

"오랜만이로구나. 내가 내 피를 보게 될 줄이야. 그것도 같은 검사의 검으로 인해서……."

마지막으로 피를 보게 된 게 언제인지 기억도 나질 않

았다.

억겁의 세월을 넘어 다시는 볼 일이 없을 거라 여겨졌던 자신의 피를 이제는 망해버린 마교의 정예조직, 탈혼귀영대주인 야차율이 흘리게 하였다.

자신의 심검에 의해 가슴이 꿰뚫린 야차율은 숨이 끊어진 채 두 무릎을 꿇고 구황목의 앞에 놓였다.

"훌륭한 검격이었다."

이는 구황목조차 반응하지 못한 검격이었다.

자신에게 붙들린 왼팔을 잘라내며 그로인해 뿜어져 나온 피를 이용해 구황목의 시야를 가린 후 반응할 수조차 없을 만큼 빠른 속도의 찌르기를 내지른다.

야차율이 준비한 최후의 일격은 구황목에겐 한 방울의 핏방울밖에는 만들어내지 못했지만, 그것이 가지는 가치는 결코 작지 않았다.

"다시 말하지만, 존경한다. 네 검과 신념을."

구황목은 죽은 야차율에게 작게 포권 인사를 올린 후 고개를 들며 말했다.

"작은 꼬마야. 구경은 끝났느냐."

구황목의 말이 끝나기가 무섭게 소녀는 손으로 자신의 입과 코를 틀어막았다.

'들켰나!'

귀영잠술을 익힌 소녀는 오로지 은신과 잠행에 자신의 모든 것을 걸었다.

야차율 역시 소녀에게 다른 무공을 가르치는 대신 오로지 귀영잠술을 가르쳤다.

신에게조차 숨을 수 있을 정도로 소녀의 귀영잠술은 완벽했다고 할 수 있었는데, 구황목은 어찌 알았는지 구경이 끝났냐는 물음을 던진 것이다.

'이젠 어쩌지…….'

검신에게서 도망치는 것은 불가능. 소녀는 품속에 넣어 둔 책자를 손끝으로 매만지며 고민에 빠졌다.

그런데 그때, 소녀가 예상하지 못한 일이 벌어졌다.

부스럭—!

아무런 기척도 느껴지지 않는 수풀사이로 한 소녀가 모습을 드러냈다.

나이는 이제 열일곱 정도 되어 보이는 아직은 어린 소녀.

특이하게도 은발머리의 머리색을 가진 소녀는 한손에 단검을 움켜쥔 채 검신을 향해 똑바로 걸어왔다.

"너는 태무선과 함께 마차에 있던 꼬마로구나."

"……."

검신을 마주한 은발머리의 소녀, 은요는 아무런 대답도 하지 않았다.

그저, 불구대천의 원수를 만난 듯 이글거리는 듯한 분노와 살의가 담긴 눈동자로 검신을 노려보고 있을 뿐.

"네 동료 혹은 주군의 복수를 위하여 나를 찾아왔느냐."

"……."

여전히 은요는 대답하지 않았다. 그저 더욱 짙어진 살기로 검신을 압박했다.

"안타깝구나. 네 재능을 보아하니 십년만 더 있었다면 나를 죽이는 데에도 성공했을지 모르지… 때가 너무 이르구나."

구황목의 말이 끝나기가 무섭게 은요의 신형이 모습을 감췄다. 이를 지켜보던 소녀는 은요가 세상에서 지워진 듯 보일 정도였다.

'엄청나다!'

지금껏 귀영잠술을 배워가며 나름 은신과 잠행에 자신이 생긴 소녀였지만, 은발머리 소녀의 신법을 보는 순간 자신의 은신술은 태양 아래에 놓인 반딧불이나 마찬가지였음을 깨달았다.

자신의 존재자체를 지우는 듯한 은요의 은신술.

이를 함께 지켜보던 구황목의 눈동자에도 작은 이채가 어렸다.

"과연 훌륭하구나."

고개를 끄덕이며 은요의 은신술을 감탄하던 구황목은 아무것도 보이지 않는 허공을 향해 오른손을 휘둘렀다.

그에게는 작은 휘두름이었으나, 그의 왼손을 떠나 방출된 기운은 작은 휘두름이 아니었다.

콰가가가강—!!

거목들이 쓰러지고 대기가 찢겨나갔다.

단단한 대지가 터져나갔고, 피어오르는 모래먼지 사이

로 은요가 튀어나왔다.

"후!"

은요의 시선이 구황목을 향했다.

잠깐이라도 망설였거나 반응이 조금이라도 느렸으면 방금번의 공격으로 중상을 입거나 목숨을 잃을 뻔한 은요는 숨을 가다듬으며 내공을 갈무리했다.

"넌 대단한 재능을 가진 살수이나 나를 이길 순 없다. 더 이상의 피를 보고 싶진 않으니 이만 돌아가거라. 게다가 네 주군은……."

구황목은 말을 채 끝마치지 못했다.

번개같이 튀어 오르며 날아든 은요의 단검이 구황목의 목젖을 노리며 다가왔기 때문이었다.

"젊음은 좋지. 패기가 넘치거든."

구황목의 오른손에서 백색의 강기가 솟구쳤다.

"하지만, 정도가 지나치면… 패기는 객기가 된다."

덥석—!

구황목의 신형이 엿가락처럼 늘어지는가 싶더니 이윽고 은요의 머리를 붙잡았다.

"날 죽이려거든, 야차율과 협공을 했어야지."

"윽!"

은요는 머리가 깨질 듯이 아팠고, 온몸에서 힘이 풀려나갔다.

압도적인 검신의 힘. 속도에서도 힘에서도 은요가 구황목을 이길 수 있는 요소는 아무것도 존재하지 않았다.

"이것은 내가 내리는 처음이자 마지막 가르침이다. 새겨
들어라."

은요의 머리를 붙잡은 구황목은 그대로 은요를 바닥에
내리찍었다.

쿠웅―!

딱딱하고 드넓은 대지에 은요라는 작은 생명체가 박혀
들어갔다. 제 아무리 단련된 무인의 신체로도 그 거대한
추락을 견딜 순 없으리라.

은요는 피를 토해내며 눈을 감았다.

"피는 복수를 낳는 법."

허리를 곧추 세운 구황목은 자신의 발아래에 놓인 은요
를 가만히 바라봤다.

'지강천으로부터 시작된 피의 길은… 세대를 넘어 네게
까지 닿았구나.'

묘한 기분이었다.

지강천으로부터 시작된 복수는 태무선을 넘어 약관도 지
나지 않은 듯한 작은 소녀에게까지 닿았다.

어디서부터 잘못된 건지 알 수 없었다.

그저 무림맹의 부흥을 위해 한 평생을 바쳐온 구황목은
쓸쓸한 표정으로 돌아서서 산을 내려갔다.

* * *

"없어졌습니다."

"다른 도주로는 없는 듯한데… 토끼 굴을 파놓은 모양이
군."

백은섭은 뇌우명이 사라진 소면객잔의 주방을 이리저리
둘러보았지만, 비밀통로는 보이지 않았다.

"아무래도 일회성 도주로인 것 같군. 어차피 찾아봐도
의미 없다. 어차피 입구는 한 번 사용되는 순간 사라졌을
테니까."

마교의 토끼굴이 가지는 특징은 일회성이라는 것이었
다.

입구는 한 번 열리고 닫히는 순간, 두 번 다시는 사용할
수 없는 상태로 변한다.

즉, 입구 자체가 사라져버린다는 뜻이었다.

"놔둬라 어차피 우리의 원래 목표는 흑도마수였으니."

뇌우명을 쫓는 것을 포기한 백은섭은 비현의 앞에 쓰러
져있는 사강목에게로 다가갔다.

"이정도 제물이면 교주도 크게 화내진 않겠지."

백은섭은 만족스러운 눈빛으로 사강목을 향해 손짓했
고, 흑의인이 다가와 사강목을 들 것에 실어 옮겼다.

그리고 얼마안가 멀리서 다가온 흑의인이 등에 은요를
업은 채로 백은섭을 향해 다가왔다.

"부단주님을 찾았습니다."

"흐음… 처참하게 당했네."

온몸의 뼈 대부분이 박살났다. 그나마 다행인 것은 목숨
엔 지장이 없었고, 기혈이 크게 뒤틀리지도 않았다.

"단 일격에 은요를 제압했다라⋯⋯."

"그리고 왠 노인이 함께 쓰러져 있었습니다. 아무래도⋯⋯."

"노인? 거기가 어디냐."

"이곳입니다."

흑의인의 안내를 받아 은요를 찾은 공터를 찾아온 백은섭은 초토화가 되어버린 산길을 돌아보며 싸움의 흔적들을 눈에 담았다.

"이 자는⋯⋯."

노인을 발견한 백은섭은 자세를 낮춰 노인의 안면과 그가 입고 있는 옷들을 살핀 후 흥미로운듯한 표정을 지었다.

"탈혼귀영대의 대주, 야차율이로군. 죽은 줄 알았던 노인이 살아 있었던 것도 놀라운데⋯ 결국 시체가 되어버렸네."

야차율의 시체를 위아래로 살펴보던 백은섭은 그의 가슴에 새겨진 상처를 손끝으로 매만졌다.

'은요의 단검으로 생긴 상처가 아니다. 자상의 단면이 이토록 매끄럽다니⋯ 이정도 상처를 만들어낼 수 있는 자는 내가 아는 한 한명밖에 없다.'

생각을 마친 백은섭은 웃으며 자리에서 일어섰다.

"하하하! 그자라면 모든 게 설명이 되지."

만족한 듯한 얼굴로 야차율을 마주하던 백은섭은 반쯤 뜨여 있는 야차율의 눈을 감겨주며 말했다.

"수고 많으셨소. 노인네."

탈혼귀영대주가 이길 수 없음에도 불구하고 검신에게 덤빈 이유는 간단했다.

'교주 꼬맹이가 아무래도 정상이 아닌 듯하군.'

혁우운을 마지막으로 소재가 불분명해진 태무선에 대해 어느 정도 감을 잡은 백은섭은 검신에 의해 초토화 된 오솔길을 기분 좋게 따라 내려갔다.

* * *

"허억… 허억!"

소면객잔으로부터 무사히 벗어난 뇌우명은 쉬지 않고 내달렸다.

숨을 헐떡이며 달려간 뇌우명이 도착한곳은 마중혁이 무공을 단련하고 있는 비밀 수련장이었다.

"음? 뇌 노야. 여긴 어쩐 일이십니까?"

마중혁은 구슬땀을 흘리며 달려온 뇌우명을 보며 불길한 느낌이 들었다.

그리고 그와 동시에 어디선가 한 소녀가 튀어나와 뇌우명과 마찬가지로 마중혁을 향해 다가왔다.

"너는 또 무슨 일인 거냐?"

"대주님."

"응?"

"오늘 이후로… 신 탈혼귀영대의 대주는 마중혁님이라

고… 전 대주이신 야차율님이 말씀하셨습니다.”

“……그게 무슨 말이냐. 대주님은?”

야차율에 대해 묻는 마중혁을 향해 소녀가 품속에 목숨처럼 귀이 여기고 있던 책자를 꺼내어 마중혁에게 내밀었고, 이를 받아 든 마중혁은 혼란스러운 눈동자로 책자를 펼쳤다.

그 안에는 두 명의 노인이 그려져 있었다.

책자 속 그림은 일종에 대련도로써 두 노인은 서로를 향해 힘껏 살초를 펼쳤다.

짧지만 굵은 싸움이 끝이 나고, 왼쪽의 노인이 오른쪽의 노인의 오른손에 의해 심장이 꿰뚫리며 그림은 끝이 났다.

“이…이게… 무엇이냐.”

“야차율님과… 검신의 싸움을 그림으로 기록한 것입니다.”

꿀꺽—!

마중혁은 마른침을 삼키며 떨리는 심장을 간신히 진정시키며 물었다.

“그 말은… 대주님께서…….”

“대주님은 검신과의 싸움에 의해 돌아가셨습니다.”

아뿔싸.

마중혁은 두 눈을 깊이 감았다. 탈혼귀영대의 유일한 생존자이자, 대주였던 야차율이 검신과의 싸움 끝에 목숨을 잃었다.

아주 중요한 전력을 잃은데다가 믿고 의지하던 야차율이

146

죽임을 당했다는 소식에 마중혁은 비통함을 참을 수가 없었다.

하지만, 슬픈 소식은 이게 전부가 아니었다.

"마중혁."

귓가를 울리는 뇌우명의 비통한 목소리에 눈을 뜬 마중혁은 그가 내민 죽통을 손에 쥐었다.

죽통을 내려다보던 마중혁은 죽통의 뚜껑을 비틀어 열었고, 그 안에는 작은 쪽지가 들어 있었다.

그 쪽지를 꺼내어 펼친 마중혁의 얼굴이 딱딱히 굳어졌다.

"비산(飛散)."

마교가 멸교의 위험에 처했을 때.

후일을 도모하기 위하여 생존인원을 최대한 늘리기 위해 마교의 전력을 분산시켜야 할 때.

이러한 순간을 위하여 사강목이 만든 계획이 바로 비산계였다.

그리고 비산계가 뜻하는 것은…….

"장로님은… 어찌 되셨습니까."

강함의 의미

[소백의 일기 一장]

지옥도… 아니, 천마도에 온지도 일 년이 넘어섰다.

스승님은 약속대로 천마공에 있는 천마심결이 새겨진 벽면을 맨주먹으로 부셔버렸다. 참으로 대단한 힘과 권격이 아닐 수 없었다.

그런데 놀라운 일이 벌어졌다.

"이, 이건!"

무너진 벽 사이로 천마가 남겨놓은 내단이 놓여 있었던 것이다. 스승님은 이걸 알고 계셨던 걸까?

아무튼 내단은 작은 서신과 함께 놓여 있었는데, 서신의

148

내용으로는 이 내단을 먹으면 천마신공을 일깨우는데 도움이 될 거라고 쓰여 있었다.

솔직히 욕심이 나긴 했지만, 천마가 남긴 내단이면 효능이 어마어마할 테니 스승님도 욕심이 날 것이 분명했다.

나는 정말로 먹고 싶었지만 내단을 스승님에게 주었다. 그러자 스승님이 내게 말했다.

"이게 뭔데?"

당황한 나는 조심스럽게 내단에 대해 설명했고, 내 설명을 전부 들은 스승님이 고개를 끄덕이며 말했다.

"아아… 너 먹어."

……응? 나?

정말 기대도 하지 못한 대답이었다.

내가 어쩔 줄을 몰라 하자 스승님은 모른 척 바깥으로 나갔고, 나는 감사하는 마음을 듬뿍 안은 채 내단을 먹었다.

[소백의 일기 二장]

죽을 뻔했다.

천마가 남긴 내단이면 엄청난 효능을 갖고 있을 거라고?

내 생각은 정확했다. 천마가 남긴 내단의 효능은 엄청나다 못해 내 몸을 갈기갈기 찢을 뻔했다.

만약, 스승님이 천마신공을 떠올리며 운기조식을 하라고 말한 뒤 내 몸에서 날뛰는 내공을 붙잡아 주지 않았다면 난 차가운 시체가 되었을 거다.

역시 스승님은 대단하다.

[소백의 일기 三장]
이상하다. 날이 갈수록 천마심공과 무공들은 나날이 늘어 가는데… 무공을 펼치다 일정 시간이 지나가면 정신을 잃어버린다. 그리고 일어나면 온몸이 멍투성이가 되어 일어난다.
도대체 왜일까? 뭐가 문제지?

[소백의 일기 四장]
오늘 나는 죽을 뻔했다.
나는 보았다. 내가 정신을 잃기 직전 나를 바라보며 주먹을 들어 올리는 스승님의 모습을!
혹시 스승님은 정말로 악귀인건가? 천마의 내단을 내게 먹인 것도 나를 맛있게 만들기 위함이었나?
내가 정신을 잃는 이유를 최대한 빨리 알아내야 한다.
그래야만… 살아남을 수 있다.

*　*　*

"저거 또 저러네."
태무선은 짜증스러운 얼굴로 온몸을 비틀며 고통스러워하는 소백을 바라봤다.
처음엔 괜찮은 듯싶었던 소백이 천마신공을 배우면 배울

150

수록 광기에 빠져드는 일이 잦아졌다.

"후우."

매우 귀찮았지만 저대로 놔두면 더 귀찮아질게 뻔했으니 태무선은 자리에서 일어나 소백에게로 다가갔다.

"으르르……!"

눈이 붉게 충혈 된 소백이 짐승의 울부짖음과 비슷한 괴음을 내며 천마신검을 집어들자 태무선이 쌍심지를 켰다.

"이놈이!"

퍽—!

태무선의 주먹이 소백의 안면을 강타했고, 소백의 작은 몸이 크게 휘청거렸다.

이걸로 끝이 아니었다.

안 그래도 달마다 찾아오는 사파 놈들 때문에 귀찮아 죽을 것만 같았던 태무선은 조용하던 소백마저 광인이 되려 하자 아주 미쳐버릴 것 같았다.

게다가 천마신공의 수준이 높아지면 높아질수록 광인이 되어가는 횟수가 늘어가고 있으니, 태무선이 분노하는 것도 어찌 보면 당연했다.

"이놈에게 천마공을 보여주는 게 아니었는데……."

때늦은 후회를 하며 태무선은 소백을 흠씬 두들겼다.

예전에는 살짝만 때려도 소백이 죽을까봐 걱정이었는데, 요새는 신체 단련도 꾸준히 하고 천마신공을 익힘에 따라 소백의 맷집이 점점 좋아져 때리는 맛이 생겼다.

"차라리 잘됐다."

그동안 받아온 온갖 짜증을 해소할 좋은 기회가 온 것이다.

태무선은 힘을 조절하며 소백을 위아래로 두들겼고, 소백은 더러워진 빨랫감마냥 태무선의 주먹과 발에 골구로 얻어맞은 후 혼절했다.

"끄흑!"

오늘도 어김없이 태무선의 구타를 못 견디고 쓰러진 소백을 뒤로한 채 태무선은 가부좌를 틀고 앉아 눈을 감았다.

"아무리 해도 투령무일체의 10성에 다다르는 것은 무리인가."

태무선은 두 눈을 감은 채 검신과의 싸움을 복기했다.

'이렇게 한다면?'

패배.

'저렇게 한다면?'

패배.

'이렇게 저렇게 한다면?'

결과는 여지없는 패배.

감고 있던 눈을 뜬 태무선은 바닥에 대자로 누운 채로 또다시 눈을 감았다.

'케엑!'

볼썽 사납게 바닥을 구르게 된 태무선은 억울하다는 표정으로 지강천을 올려다보았다.

'네가 생각해낸 게 고작 이 따위 함정이냐?'

'쳇.'

지강천은 태무선이 오랫동안 공들여온 함정마저 무시했다.

바닥이 꺼지는 함정은 애초에 밟질 않았고, 통나무가 날아온다거나 주먹만한 돌멩이가 떨어지는 것 따위는 지강천에겐 아무런 의미가 없다는 걸 태무선도 알고 있었다.

하지만, 태무선이 원한 것은 찰나의 틈이었다.

'내게 한 번의 유효타라도 성공시키면 내 즉시 너를 하산시켜주마. 아니지! 내가 너를 스승으로 모시마!'

지강천의 스승이 되는 것은 바라지도 않는 일이었다.

괜히 어쭙잖게 스승이 되어봤자 제자가 된 지강천에게 두들겨 맞을게 뻔한 일!

태무선이 원하는 것은 오로지 이 지옥 같은 산에서 벗어나는 것이었다.

'단 한 대만 때리면 되는데…….'

단 한 대만 때리면 되는데 그게 안됐다.

지강천은 마치 귀신같이 태무선의 모든 술수를 읽고 있었다.

'할 수 없지.'

태무선은 온갖 기교와 꼼수를 부려가며 지강천의 몸에 손을 대려 노력했다.

그러나 지강천은 그럴 때마다 태무선은 반쯤 죽여 놓으며 말했다.

'정교한 기술이나 기교 그리고 속도 따위는 아무런 의미도 없다. 진정한 의미는 바로 힘.'

지강천이 나이에 걸맞지 않는 근육질의 팔을 들어 올리며 말했다.

'압도적인 힘에는 그 어떤 것도 의미가 없는 법이다.'

'저는 언제쯤 스승님을 때릴 수 있습니까?'

'네가 나보다 강해지면.'

그럴 일은 없겠군.

태무선은 깨끗이 단념했다. 자신이 지강천보다 강해지는 것은 상상조차 할 수 없었기에.

'압도적인 강함.'

어릴 적 기억을 떠올리던 태무선은 이번엔 검신과의 싸움을 떠올렸다.

"이길 수 없었지……."

무슨 짓을 해도 이길 수 없을 것만 같았던 검신의 압도적인 강함.

그건 태무선이 기교나 기술, 속도나 요령 따위를 단숨에 압살해버렸다.

지강천이 입이 닳도록 말하던 압도적인 강함. 검신은 압도적인 강함을 손에 쥐고 있는 진정한 강자였다.

"차라리 그 노인네가 죽을 때까지 기다려야 하나?"

태무선은 상체를 일으켜 세우며 생각에 빠졌다.

검신은 지강천과 비슷한 연배였으니 지금쯤이면 언제 죽

어도 이상하지 않을 나이에 다다랐다.

하지만 문제는 구황목이 평범한 노인들과는 차원을 달리하는 괴물이라는 것.

"그 괴물이 언제 죽을지 모르지… 어쩌면 그 노인네가 죽기 전에 내가 먼저 죽을지도."

귀찮은 것은 죽도록 싫지만, 그렇다고 이 지옥도에 갇혀 광인들이나 상대하며 그들의 무덤을 만드는 것도 싫었다.

게다가 얼마나 귀찮은가? 광인들이 오면 그들을 상대해야 하고, 또 그들의 시체를 묻어줘야 했다. 안 그러면 시체 썩는 냄새로 천마도는 진짜 지옥도가 되어버릴 테니까.

"스승님!"

멀찍이서 들려오는 소백의 목소리에 태무선이 자리에서 일어났다.

"왜?"

"이제 조금은 감이 잡히려고 해요."

"뭐가?"

"천마신공의 4성이요!"

"아아…….."

"그런데 조금 이상해요. 천마신공의 4성에 이르려고 하면 꼭 정신을 잃어요."

무료한 듯 서서 소백의 얘기를 듣고 있던 태무선은 흥미로운 눈빛으로 소백을 훑어보았다.

'4성에 이르려하면 정신을 잃는다라?'

왜인지 그 이유를 알 것만 같았다.

태무선은 소백을 똑바로 세운 후 말했다.

"한 번 해 봐."

"네?"

"천마신공을 4성까지 끌어올려봐."

"아, 네! 알겠습니다."

이유는 알 수 없었지만 태무선의 지시라면 불구덩이라도 뛰어들어야 했기에, 소백은 정신을 가다듬고 천마신공의 4성을 위해 천마신공을 열심히 끌어올렸다.

그와 동시에 소백의 눈동자에 붉은 기운이 맴돌았다.

'역시.'

천마신공의 수준이 높아질수록 소백이 광기에 빠져드는 횟수가 잦아졌음을 눈치챈 태무선은 가만히 지켜보다가 소백의 눈빛이 완전히 붉은빛으로 변하자 주먹을 들어올렸다.

한편, 천마신공의 4성에 거의 다다른 소백은 자신을 향해 주먹을 들어 올리는 태무선을 발견했다.

"엑?"

퍽―!

번개와 같은 속도로 날아든 태무선의 권격에 맞은 소백이 코를 부여잡고 벌러덩 넘어졌다.

"왜, 왜 때리시는 거예요?"

놀란 소백이 피가 주르륵 흐르는 코를 부여잡은 채 코맹맹이 소리로 물어오자 태무선이 손목을 빙글 돌리며 말했다.

"네가 천마신공의 대성에 가까워질수록 광기에 빠지는 횟수도 잦아지고 있어."

"그, 그 말은… 제 천마신공의 수준이 높아질수록… 제가 광인이 될 확률도 높아진다는 건가요?"

"아니 넌 분명히 광인이 될 거야."

"네!?"

소백은 그제야 자신이 정신을 잃는 이유와 일어날 때마다 멍투성이가 된 이유를 알게 되었다.

그가 정신을 잃는 이유는 광기에 젖어 광인이 되었던 거고, 멍투성이가 된 것은 자신이 광인이 될 때마다 태무선이 그를 때려 기절시킨 것이다.

어쩌면 자신도 천마도에 도착하여 광인으로 변해버린 이들과 같아질지도 모른다는 생각에 소백은 들고 있던 천마신검을 바닥에 내던졌다.

이를 지켜보던 태무선이 소백을 향해 물었다.

"뭐하는 거야?"

"뭐하긴요! 무공을 더 배웠다가는… 제가 광인이 되어버린다면서요."

"맞아."

"그러니까……."

"무공을 포기하겠다는 거지?"

"……."

소백은 아무 말도 하지 못했다. 그러자 태무선이 천마신검을 들어 올리며 말했다.

"네가 더 이상 천마신공을 배우지 못하겠다면 이 검도 필요 없겠지."

천마신검을 들어 올린 태무선이 천마신검의 검신을 붙잡고 힘을 주었다.

까드득―!

소리와 함께 천마신검의 검신이 당장이라도 부러지려하자 소백이 외쳤다.

"잠시만요!"

"왜?"

"차라리… 차라리 이 천마도를 나가서 천마신공을 배운다면 괜찮지 않을까요? 어차피 이 섬이 문제인거잖아요!"

"천마라는 이 섬에서 천마가 될 수 있었다고 했어. 그 말은 천마신공은 이 섬에서만 대성을 이룰 수 있다는 뜻이야. 만약 이 섬을 떠난다면 너는 절대 천마신공을 이룰 수 없을 거야."

"하지만… 자칫했다간 제가 광인이 되어버리는걸요!"

"그게 무섭냐."

"당연하죠! 스승님이야 광인이 되어본 적이 없으시니까 모르시겠지만……."

말을 이어나가던 소백이 이해가 안 된다는 듯한 얼굴로 태무선을 바라봤다.

'그러고 보니… 스승님은 왜 광인이 되지 않는 거지?'

천마도에 도착한 모두가 어김없이 광인이 되어버렸다. 그럼에도 태무선은 광기에 빠져들지도, 광인이 되지도 않

158

았다.

어떻게 그만이 유일하게 천마도에서 이성을 유지할 수 있는 걸까?

"스승님은 왜 광인이 되지 않는 거죠?"

"몰라."

"아⋯⋯."

태무선은 태연자약한 얼굴로 모른다고 말했고, 소백은 할 말이 없었다. 본인이 모르겠다는데 더 물어서 무슨 의미가 있겠는가.

소백은 여전히 태무선의 손에 들려 있는 천마신검을 바라봤다.

"그럼 이제 저는 어쩌죠. 천마신공의 공력을 올려봤자⋯ 저는 광인이 될 텐데요."

"맞서 싸워야지."

"광기랑⋯ 맞서 싸우라구요?"

"그래. 네가 광인이 될 것 같으면 내가 때려줄 테니 걱정하지 말고. 넌 천마신공을 대성할 수 있도록 해."

태무선이 천마신검을 내밀자 소백은 감히 그 검을 손에 쥘 수가 없었다. 그 이유는 간단했다.

'무서워⋯⋯.'

두려움이었다.

자신이 광인이 될지도 모른다는 두려움. 자기 자신을 잃어버릴지도 모른다는 두려움이 그의 몸을 얼어붙게 했다.

"무섭냐."

"다⋯당연하죠."

"흠."

태무선은 들고 있던 천마신검을 바닥에 꽂아 넣은 뒤 제자리에 주저앉았다.

"나는 말이야. 어렸을 적 산적들에게 붙잡혀 죽을 뻔했어."

처음 듣는 스승의 어렸을 적 얘기에 소백은 귀를 쫑긋 세운 채 태무선의 옆자리에 슬며시 엉덩이를 깔고 앉았다.

"그런데 지나가던 한 노인이 자신에게 시비를 건 산적을 맨손으로 죽여 버렸어. 그리고는 그냥 가려고 하더라고. 그래서⋯ 나는 살려고 그 노인에게 매달렸지."

"아아⋯⋯."

"내 인생 최대의 실수였지만."

"왜요? 그분은 스승님의 스승님이 아니셨나요?"

순진무구한 얼굴을 한 소백의 물음에 태무선이 씁쓸하게 웃으며 고개를 끄덕였다.

"맞아. 내 스승님이었어. 난 살려고 스승님에게 매달렸는데⋯⋯."

과거의 기억을 떠올리는 태무선의 얼굴에 복잡한 감정이 떠올랐다.

"우습게도 나는 스승님과 함께 하는 내내 살려고 발버둥쳐야 했어."

살려고 매달렸던 그 옷자락이 생명줄이 아니라 끊어지기 일보직전인 썩은 동아줄인 걸 누가 알았겠는가.

태무선은 그야말로 살아남기 위해 끊임없이 싸웠다.

지강천은 자신이 한 말을 무조건 지키는 남자였고, 태무선은 강해지지 못하면 죽는다는 지강천의 경고대로 강해지려 목숨을 바쳤다.

"난 살아남기 위해 강해져야 했어."

"무서운 스승님이셨군요."

"맞아. 하지만, 난 그 노인네의 말이 틀렸다고 생각하지 않아. 지금도 마찬가지고."

소백은 불현 듯 이유를 알 수 없는 불안감에 빠졌다.

태무선은 말을 마치자 자리에서 일어섰고, 소백을 내려다보며 말했다.

"광기를 이겨낼 만큼 강해지도록 해. 네가 광기에 패배하여 완전한 광인이 되는 순간……."

꿀꺽—!

"네 무덤은 저 자리가 될 테니까."

＊　＊　＊

"그래서 마교는 망한 건가?"

갑판에 선 해산문의 물음에 마중혁은 아무 말도 하지 못한 채 고고하게 흘러가는 장강의 강물을 내려다보았다.

어두운 밤.

흘러가는 장강의 강물을 바라보고 있노라면 어떠한 걱정도 근심도 모두 잊게 된다던데.

마중혁의 근심은 날아가지 못한 채 여전히 그의 곁에 머물렀다.

"뭐… 이제 어떻게 할 생각이야?"

우물쭈물하던 해산문이 재차 질문을 던지자 마중혁이 두 주먹을 강하게 말아 쥐었다.

"전부 죽여 버려야지."

"누굴? 사악교를? 아님 검신을?"

"전부!"

"아서라. 탈혼귀영대주도 고작 작은 생채기를 만드는 것으로 목숨을 바쳐야 했던 검신을 네가 무슨 수로 이긴단 말이냐."

등 뒤에서 들려오는 황룡산의 목소리에 마중혁이 얼굴을 마구 일그러뜨린 채 고개를 돌렸다.

"그럼 나보고 어쩌란 말이오! 대주님은 돌아가셨고! 장로님은 어떻게 되었는지 생사조차 알 수 없는 상황이오! 이런 상황에서… 난… 뭘 해야 한단 말이오……."

분노에 찬 목소리로 윽박지르던 마중혁의 신형이 천천히 무너져 내렸다.

"태무선… 아니, 그… 마교의 교주는 살아 있지 않으냐. 교주에게 소식을 전하는 게 어떠냐?"

머리를 긁적이던 해산문이 멋쩍은 얼굴로 묻자 황룡산이 고개를 저었다.

"예전의 태무선이라면 몰라도 지금의 태무선은 도움이 되질 않아. 오히려 못자리만 늘릴 뿐이지."

황룡산은 냉정히 말했고, 해산문은 고개를 끄덕이며 물러섰다.

황룡산은 여전히 고개를 떨군 채 어떻게 해야 할지 몰라 혼란스러워하는 마중혁을 내려다봤다.

"계속 그러고 있을 거냐."

"그럼 내게 답을 주십시오. 난 어쩌면 좋겠소?"

"답은 야차율과 사강목이 줬을 텐데."

마중혁이 고개를 들어 황룡산을 바라보자 그는 무릎을 굽혀 마중혁과 눈높이를 마주하며 말했다.

"야차율은 네게 탈혼귀영대를 맡겼고, 사강목은 네게 비산계를 내렸다. 그게 무슨 뜻이지?"

"비산계란… 마교가 멸교의 위기에 처했을 때 후일을 도모하기 위하여 마교의 전력을 흩어놓는 전략이오. 언젠가… 마교를 부활시키기 위하여."

"네겐 야차율이 터를 만들어놓은 탈혼귀영대와 흩어진 마교의 전력을 갖고 있다."

"마교의 부활……."

"태무선은 힘을 되찾기 위해 지옥도라 불리고 있는 천마도에 홀로 남겨졌다. 본래 자신의 것도 아니었던 마교를 지키기 위해서. 그럼 마중혁… 네놈은 마교를 위해 뭘 할 수 있느냐."

황룡산의 물음은 무너진 마중혁의 가슴에 깊은 울림을 만들었다.

차갑게 가라앉은 그의 심장이 빠르기 뛰기 시작했다.

"……무엇이든 할 준비가 되어 있소."

"그렇다면 돌아올 네 주군을 위해서 강해져라. 오직 너만이 마교를 지킬 수 있으니."

"오직 나만이……."

무너졌던 마흉도 마중혁이 도로 일어섰다. 그만이 할 수 있는 일을 하기 위하여.

"괜찮겠냐?"

"뭐가?"

"쓸데없는 바람을 넣어준 것 같아서 말이다."

아주 오랜만에 황룡산과 어깨를 나란히 하게 된 해산문은 흘러가는 장강을 향해 떡밥을 던졌다.

아무것도 없는 듯하던 검은 강물에서 작은 물보라가 일어나며 수면위에 떠오른 떡밥이 어둠속으로 사라졌다.

"쓸데없는 바람이 아니야."

"그럼 뭐냐? 설마 마교가 부활할 수 있을 거라고 믿는 것은 아니겠지?"

"무림맹이 사악교에 대한 전면전을 선언했다. 그들의 말을 빌려 제 삼(三)의 정사대전이 일어난 셈이지."

"그건 나도 들었어."

최근 들어 중원의 분위기가 심상치 않음은 상인이 되어버린 해산문도 잘 알고 있었다.

사파조직의 대표 격이라 할 수 있는 사악교와 무림맹의 전면전.

그 누구도 감히 대적할 수 없을 거라 여겨졌던 무림맹을 향해 사악교라는 신성(新星)이 칼을 겨누는 것이다.

"어쩌면 하늘이 마교에게 내려준 마지막이자 유일한 기회일지도 모르지. 다만… 부활한 마교가 이호경식(二虎競食)을 할 수 있느냐 없느냐는……."

황룡산의 시선이 먼 하늘을 응시했다.

"그 녀석에게 달려 있겠지."

* * *

"긴장하지 마라. 우리는 늘 승리했고. 이번에도 승리할 것 이다. 우리는! 중원의 패자이며! 무림의 기둥이며. 정의를 수호하는 무림맹이다."

구황천이 검을 치켜들며 소리치자 무림맹 소속의 모든 무인들이 거대한 함성을 내지르며 환호했다.

구파일방, 오대세가를 비롯한 정파의 길을 걷고 있는 수많은 문파들의 무인들이 무림맹과 사악교가 벌이는 정사대전을 위하여 모였다.

어떤 이는 가문과 문파의 명예를 위해서, 어떤 이는 스스로의 이름을 드높이기 위해서, 또 어떤 이는 이 전쟁을 통해 이익을 챙기기 위해서.

수많은 이유로 모인 이들은 저마다의 병장기를 들고 일어섰다.

다시 한 번 무림맹의 번영을 위하여.

한편, 이 들을 지켜보며 서 있던 사악교의 교주 구황경은 재미있다는 듯 널따란 평야에 모여 있는 무림맹 소속의 무인들을 지켜봤다.

수많은 깃발들은 각자의 문파들을 나타내는 상징들로 가득했다.

"참으로 오래 걸렸군. 안 그런가."

구황경의 물음에 세 명의 신형이 구황경의 뒤로 다가왔다.

망치를 든 광왕 맹우.

두 개의 단검을 손에 쥔 암존, 부용.

그리고 마지막으로 거대한 검을 어깨에 짊어진 대검천(大劍天) 담천우.

"담천우."

구황경의 부름에 담천우가 그의 옆으로 걸어갔다.

"당신이 날뛰기엔 참으로 제격인 곳이 아니오?"

"……."

담천우는 대답대신 한곳에 모여 있는 자신의 먹잇감을 응시했다.

"자… 그럼 장단에 맞춰 놀아줘야겠군."

사악교의 삼존을 필두로 사악교의 무인들이 앞으로 나서자 곳곳에서 사악교의 무인들이 모습을 드러냈다.

그 수는 한눈에 전부 담을 수 없을 정도로 많았다.

드디어 마주한 무림맹과 사악교의 본대.

무림맹의 선두에서 사악교를 맞이하는 구황천을 향해 검 갈색의 가면을 쓴 구황경이 마주섰다.

두 맹주의 만남.

구황천은 구황경에게 검을 겨누며 소리쳤다.

"나는 대 무림맹의 맹주 구황천이다. 나는 악독한 악행을 일삼는 사악교를 이대로 놔둘 수 없는 바. 사악교에게……."

"말이 많아졌구나. 무림맹주. 혹시 두려운 가?"

조소가 담긴 구황경의 물음에 구황천의 얼굴이 굳어졌다.

"내가 두려워할 거라 믿는 거겠지."

구황천의 반격에 구황경은 두 손을 넓게 펼치며 고개를 끄덕였다.

"무림맹의 맹주가 나를 두려워하지 않는다라. 서로가 서로를 두려워하지 않으니, 이 싸움은 필시 죽은 무인들의 피와 살점으로 난무할 것이며, 죽은 이들과 죽은 이들을 위해 싸우는 자들의 장송곡으로 가득찰 것이다. 그러니……."

구황경의 얼굴을 반쯤 가린 가면 아래로 구황경의 진한 미소가 피어났다.

"이 신명나는 가락에 내 직접 손을 얹어볼 예정이니."

둥둥둥둥둥둥—!!

평야 곳곳에서 불길한 북소리가 요동치기 시작했다.

"나와 함께 어울려 볼 텐가."

둥둥둥둥둥─!!

거침없는 북소리는 무인들의 심장을 요동치게 했고, 전장이 내뿜는 고요한 열기는 무인들의 가슴에 불을 지폈다.

피 내음이 부족했던가.

둥둥─!

전장이 내뿜는 공포와 두려움이 가지는 묘한 흥분감이 부족했던가.

무인들은 북소리에 맞춰 발을 굴렀고, 자신의 적수를 노려봤다.

"기꺼이."

구황천이 검을 들어 올렸고, 무림맹의 무인들은 앞으로 내달렸다.

제 삼차 정사대전의 시작이었다.

* * *

퍼억─!

경쾌한 타격음과 함께 소백이 태무선의 주먹에 얻어맞아 나가떨어졌다.

"끄윽!"

벌써 수십 번은 맞은 주먹일 텐데 아픈 건 여전했다.

익숙해지지 않은 고통에 인상을 찡그리며 코를 매만지던 소백은 고개를 들어 먼 허공을 응시하고 있는 태무선을 바라봤다.

"왜… 그러십니까?"

"아니, 그냥."

먼 허공을 응시하던 태무선은 머리를 긁적였다.

"피 냄새가 나는 것 같아서."

삼년 후

조용하고 황량한 섬.

주인을 잃은 배들이 어지럽게 놓여 있으며 지옥도라 불리어 이제는 사람의 발길조차 닿지 않는 천마도.

벌레 울음소리조차 들리지 않는 천마도에서 난데없는 폭음성이 들려왔다.

"후우!"

솟구치는 모래파편을 헤집으며 모습을 드러낸 소백은 눈알을 굴리며 뭔가를 찾기 시작했다.

'어디지?'

손에 쥔 천마신검에 검푸른 색의 기운이 넝실거렸다.

지면에 몸을 바짝 붙인 채로 귀를 기울이던 소백은 정면에서 나타난 거대한 권격을 향해 검을 휘둘렀다.

　"흐읍!"

　소백의 검에서 반월모양으로 뻗어나간 검푸른 색의 기운이 갑작스레 나타난 권기에 맞섰다.

　콰앙―!

　두 번째 폭음성과 함께 소백의 신형이 해변가로 튕겨나갔다.

　"큭!"

　손바닥에서 느껴지는 얼얼함과 함께 모래사장을 뒹굴던 소백은 머리를 털고 일어나 자신을 향해 천천히 걸어오는 사내를 바라봤다.

　'역시 스승님은 괴물이야!'

　삼년이란 세월이 흐르는 동안 어느새 소년의 티를 많이 벗어낸 소백은 검을 치켜들며 호흡을 가다듬었다.

　천마검법 제 일초 천마도래(天魔到來).

　하늘로 솟구친 소백이 자신의 내공을 가득 머금은 천마신검의 검끝을 태무선을 향하게 바꿔 든 후, 그대로 지면에 쏟아지듯 내려앉았다.

　콰앙―!

　'역시 안 되나!?'

　약간의 빈틈이라도 만들어보려 했건만, 천마신검의 검끝은 태무선이 대충 들어 올린 주먹에 막힌 채 멈춰 섰다.

　'어쭙잖은 공격으로는 절대 스승님에게 상처 입힐 수

없어!'

태무선을 이길 수 없음은 누구보다 잘 알고 있었다.

그렇다면 소백이 할 수 있는 것은 태무선에게 조그마한 상처라도 입히는 것!

천마도래의 공격이 실패한 소백은 공중제비를 돌며 바닥에 내려앉아 검신을 지면과 수평이 되도록 세운 후 내공을 끌어올렸다.

천마검법 제 오초 천마섬격(天魔閃擊).

마치 쏘아진 화살마냥 빠른 속도로 쇄도한 소백의 검이 정확히 태무선의 심장을 노리고 찔러 들어갔다.

"늘 말했잖아. 기술, 기교, 속도 따위는……."

태무선이 주먹을 들어 올렸고, 이를 지켜보던 소백이 어금니를 강하게 깨물었다.

'압도적인 힘 앞에서는 무용지물……!'

가볍게 들어 올린 태무선의 주먹이 소백과 그의 검을 향해 내려오는 순간, 소백은 형언할 수 없는 엄청난 힘에 의해 짓눌려 모래사장에 처박혔다.

"켁!"

소백의 손을 떠난 천마신검이 모래에 박혀 들어가자 태무선이 소백의 뒷목을 잡아 그를 일으켜 세웠다.

"죽는 순간까지?"

"검을… 놓지 않는다."

"맞아."

소백을 잡아 든 태무선이 있는 힘껏 바닷가를 향해 소백을 내던지자 소백은 마치 납작한 돌멩이가 된 것 마냥 날아가 수면에 다섯 번을 튕기고 나서야 물속에 가라앉았다.

"흠."

태무선은 물속에 허우적거리며 힘겹게 해안가로 헤엄치고 있는 소백을 보며 인상을 썼다.

"아직 멀었군."

요즘 들어 자신이 지강천과 닮아가고 있음을 절실하게 느끼는 태무선이었지만, 뭐 크게 신경 쓰진 않았다.

배운 게 이런 것뿐이니 가르치는 것도 이런 것밖에 없는 것은 당연한 게 아닌가?

뒷짐을 지며 나름의 만족함을 끄덕임으로 표현한 태무선은 먼 수평선을 응시했다.

"역시 오지 않는 건가."

삼 년 후에 돌아온다던 야차율과 사강목은 끝내 나타나지 않았다.

달마다 천마도에 들어오던 배들도 삼 년 전부터 뱃길이 뚝 끊긴 듯 나타나지 않았다.

귀찮은 일은 줄어들었으나 문제가 하나 있었다.

"이젠 먹을 게 없는데……."

식량은 이미 동났다. 지금까지는 꾸준히 천마도를 찾아오는 불행한 광인들의 식량으로 배를 채웠지만, 이제는 그마저도 없었다.

게다가 천마도는 그야말로 황량함 그 자체. 식량으로 쓸 만한 것을 찾아볼 수 없었다.

"이젠 정말로 떠날 때인가."

태무선은 고개를 돌려 천마도를 응시했다.

아무도 없는, 사람이라고는 이따금씩 찾아오던 사파문파의 배들과 광인으로 변한 사파 무인들이나 천마신공의 수준이 높아질수록 광인이 되어가는 횟수가 잦아지기 시작한 반(半) 광인, 소백 외에는 아무도 없는 섬.

이 외로운 섬에서 무려 5년을 지냈다.

"허우… 허욱!"

바닷물의 짠맛에 침을 토해내듯 뱉으며 해변가로 걸어나온 소백이 숨을 헐떡였다.

"스승님."

"왜?"

"저는 언제쯤 스승님을 이길 수 있을까요?"

"글쎄…….."

태무선은 쉽사리 답해줄 수 없었다.

그 역시 스승인 지강천을 그가 죽는 순간까지도 이기지 못했기 때문이었다.

"네가 나보다 강해지면 이길 수 있겠지."

간단히 답해주며 고개를 든 태무선은 저 멀리 수평선을 응시했다.

중원으로 돌아가는 뱃길은 알 수 없으니 이제는 좋든 싫든 바다로 나가야 했다.

"소백아."

"예, 스승님."

"나가자."

"나가다니… 천마도를 말씀이십니까?"

"그래, 너도 이젠 천마신공을 익힐 만큼 이겼고, 광기도 어느 정도는 조절할 수 있게 됐으니 나가자."

"알겠습니다."

지난 삼년간 소백은 천마도의 광기를 어느 정도 조절할 수 있게 되어, 무리하여 천마신공을 펼치지 않는 한 더 이상 광인으로 변하지 않았다.

"그런데… 어떻게 나갑니까?"

소백이 태무선의 곁으로 다가와 묻자 태무선은 어깨를 으쓱이며 가장 마지막으로 해안가에 도달한 배를 가리켰다.

"일단 저 배를 이용해야지."

"배를 움직이려면 한두 명으로는 부족할 텐데요."

"여기 있어봤자 굶어 죽는 것밖에는 안 돼. 이왕 죽을 거라면 시도라도 해봐야지."

태무선은 눈여겨 봐뒀던 배 위로 껑충 뛰어올라 비상시에 사용하는 작은 쪽배를 바라봤다.

"이거라면 둘이서 움직일 수 있겠는데."

최대 여덟 명이 탈 수 있는 작은 쪽배.

두 개의 노를 챙긴 태무선은 쪽배의 끈을 풀어 물에 띄웠다.

다행히 방치된 지 꽤 오래된 쪽배는 바다위에서도 건재했다.

"이, 이걸로 바다를 건넌다구요?"

소백은 당황스러운 시선으로 바다위에 처량히 떠있는 작은 쪽배를 바라봤다.

배가 전복되는 비상시외에는 바다위에서 이런 쪽배를 타는 건 자살행위나 마찬가지였다. 그럼에도 태무선은 만족한 듯 쪽배를 내려다보며 답했다.

"그래. 이걸로 건널 거야."

＊　＊　＊

[소백의 일기 四十二장]

아. 난 죽었다.

만약 내 일지를 발견한 사람이 있다면… 이 모든 게 스승님 때문이라는 것만 알아주길…….

소백과 태무선은 멈춰있는 쪽배 위에서는 처량히 누워있었다.

그들이 천마도를 떠나온 지도 어연 일주일이란 시간이 흘렀다.

챙겨온 식수는 몽땅 마셨다. 식량은 애초에 없었다.

일주일내로 중원에 닿거나, 지나가는 작은 어선이라도 발견할 줄 알았던 태무선의 생각은 보기 좋게 빗나갔다.

"으으으……."

"음."

천마의 유지를 이은 유일한 천마신공의 계승자 소백.

현 마교의 교주이자 투신의 무공을 계승한 제 2의 투신이라 불리던 태무선.

그들은 현재 망망대해에서 죽어가는 중이었다.

"스승님. 저희… 살 수 있을까요?"

"말을 아껴라."

"……."

소백은 입을 다문 채 널브러졌다.

지난 일주일간은 미친 듯이 노를 저었지만 도저히 중원에 닿을 수 없었다.

그도 그럴 것이 그들은 지도가 없고, 바닷길도 모른다.

뱃사람들은 하늘에 뜬 별을 보고 집을 찾아간다지만, 소백과 태무선은 그마저도 몰랐다.

그들의 눈에는 크게 빛나는 건 달이고 작게 빛나는 건 별이었으니.

그렇게 또다시 이틀이란 시간이 흘렀다.

"그러니까 지옥도라 불리는 섬에 진귀한 보물이 묻혀 있다는 거지?"

"그렇다니까요. 안 그랬으면 이렇게 철통보안을 몇 년간 유지하고 있겠습니까."

"흐음… 그렇다고 괜히 본교에 심기를 거슬렀다간…….."

동해 바다를 다스리는 적해룡채의 소속인 삼두채의 채주, 방우덕은 어렵사이 입수한 지옥도의 지도 절반을 내려다보았다.

아쉽게도 진귀한 보물이 감춰져있다는 지옥도의 지도는
절반밖에 없었다.

그마저도 가장 중요한 바닷길이 잘려 있는 반쪽짜리 지
도.

"바닷길이 없어 본교에서도 지옥도를 찾지 못한다고 하
더군요."

"나머지 절반은 어디 있는데?"

"삼년 전부터 지도가 완전히 사라졌다더군요. 들리는 소
문에 의하면 한 노인이 뱃길을 직접 알려줬다는 얘기도 있
고……."

"그 노인이 사라진 건가?"

"그렇답니다."

"흐음… 망할 노인네 같으니. 지도라도 만들어뒀어야
지."

누군지 모를 노인을 욕하며 돌아선 방우덕은 망망대해를
응시하며 가벼운 한숨을 내쉬었다.

그를 포함한 적해룡채의 많은 해적선들은 해안가를 머무
르며 지난 몇 년간 동해를 감시했다.

그들의 목표는 간단했다. 지옥도를 향해가려는 선박을
잡아들이는 것.

하지만, 지난 삼년간 지옥도로 향하는 배는 단 한척도 없
었다.

"진귀한 보물이라… 그걸 얻는다면 이 따위 해적질도 더

이상 할 필요 없을 텐데."

방우덕은 한손으로 턱을괸 채로 손가락을 까딱였다.

그는 해적질이 지겨웠다.

예전에는 나름 황실소속의 해군과 쫓고 쫓기는 선상전투를 벌였다.

그뿐인가. 이따금씩 겁 없이 적해룡채의 영역에 들어온 어선이나 상선을 털어먹는 재미가 있었는데, 이제는 사악교의 개가 되어버린 적해룡채는 집지키는 개 마냥 바다를 지켜야 했다.

"한 번 찾아봐?"

지옥도를 한 번 찾아볼까 고민하던 방우덕의 곁으로 삼두채의 부채주인 교악이 다가왔다.

"채주님!"

"왜?"

"저기 웬 쪽배가……."

"쪽배라고?"

이곳은 해안가와 꽤나 거리가 떨어진 바다.

게다가 중원은 그들의 뒤편인 서쪽에 존재했고, 교악이 가리킨 곳은 바다의 동남쪽이었다.

교악의 외침에 그의 곁으로 다가간 방우덕은 한척의 쪽배가 천천히 흘러오고 있음을 발견했다.

"뭐지?"

막연한 불안함을 느낀 방우덕은 다가오는 쪽배를 향해 안력을 돋구었다.

곧이어 방우덕의 배로 다가온 쪽배에는 두 사내가 죽은 듯이 누워있었다.

"두 명입니다. 보아하니 무림인인 것 같은데……."

"흠. 일단 건져라."

도대체 어디서 어떻게 흘러온 걸까.

바닷길은 적해룡채의 삼엄한 경비로 인해 빠져나갈 틈이 없었다.

그 말은 저 쪽배는 중원에서 온 배가 아니었다.

불안함에 섞인 묘한 기대감. 방우덕의 눈동자엔 두려움과 흥분감이 동시에 감돌았다.

"어디서 왔는지 물어봐야겠군."

* * *

"으음."

눈을 뜬 태무선은 자신의 몸과 소백의 몸을 함께 묶어둔 두꺼운 동아줄을 내려다보았다.

성인남자 팔뚝만한 두께의 두꺼운 동아줄은 웬만한 완력으로는 팔을 살짝 벌리는 것조차 불가했다.

"눈을 떴나?"

어디선가 들려오는 굵직한 목소리에 고개를 든 태무선은 자신의 앞에 앉아 있는 방우덕을 발견했다.

그는 근엄한 자세로 앉아 태무선을 깔아보고 있었다.

"그래… 어디서 온 거냐. 중원에서 온 건 아닐 테고, 저 쪽배를 타고서 어디서 어떻게 온 거냐."

"어떻게 왔긴, 쪽배를 타고 왔지."

무미건조한 태무선의 대답에 방우덕의 얼굴이 험악하게 일그러졌다.

"건방진 놈! 아직도 네 주제를 모르는 게냐!"

방우덕의 외침에 삼두채의 해적들이 박도를 내밀어 태무선의 목에 겨누었다.

"죽고 싶지 않으면 어디서 왔는지 말해라!"

"천마도."

"천…마도?"

"그래, 너희들은 지옥도라고 부르는 것 같지만."

"지옥도! 서, 설마 정말로 지옥도에서 온 거냐!?"

방우덕이 설렘이 가득한 눈빛으로 태무선을 노려보았다.

지옥도가 어디인가 그의 삶을 풍족하게 바꾸어줄 진귀한 보물들이 감춰진 보물섬이 아닌가?

의자에서 내려온 방우덕이 태무선과 눈높이를 맞췄다.

"솔직히 말해야 할게다. 지옥도엔 정말로 진귀한 보물이 있더냐?"

방우덕의 물음에 태무선이 잠시 고민하더니 고개를 끄덕였다.

천마의 유지라면 충분히 진귀한 보물이라 할 수 있지 않은가?

안 그래도 그걸 얻으려고 수백의 사파 무인들이 태무선

에 의해 명을 달리했으니.

"보물… 그런데 넌 지옥도에서 왜 나온 거냐? 설마 보물을 갖고 나온 거냐?"

태무선의 시선이 소백에게로 향하자 방우덕이 무거운 엉덩이를 뒤흔드며 소백을 향해 손짓했다.

그의 명령을 받은 해적들이 재빨리 소백을 묶어둔 줄을 풀었다.

하지만, 아무리 뒤져봐도 소백의 몸에서는 보물이랄 것은 나오지 않았다.

소백에서 나온 거라곤 때가 탄 천마신검 한 자루밖에 없었다.

"골동품 외에는 아무것도 없습니다!"

소백을 뒤져본 교악의 외침에 방우덕이 태무선을 노려보았다.

그가 자신을 놀린 거라는 생각에 분노한 것이다.

"네놈이 정녕 죽고 싶은 게냐! 이 삼두채의 채주인 방우덕에게 거짓말을 하다니!"

"너희가 찾는 보물이라는 게 뭔데?"

"그… 당연히 금덩어리나 진귀한 보석들을 말하는 게 아니겠냐!"

"아아… 그런 거라면 없었어."

태무선이 천진한 얼굴로 어깨를 으쓱이자 분노한 방우덕이 자신의 박도를 치켜들었다.

더 이상 이성을 유지하기가 어려웠던 방우덕은 살기어린

눈빛으로 태무선을 노려보았다.

"죽고 싶다면 그렇게 해주마!"

한편, 그의 살기를 온 몸으로 맞이하고 있던 태무선은 살기를 있는 대로 뿌려대는 방우덕을 무시한 채 자신이 타고 있는 커다란 배를 둘러보았다.

"이정도면 충분히 갈 수 있겠네."

"이놈이 나를 무시해!?"

뜻 모를 말을 중얼거리는 태무선을 향해 방우덕이 박도를 휘둘렀다.

아니, 휘두르려했다.

까앙―!

쇠와 쇠가 부딪치는 청아한 쇳소리와 함께 방우덕은 자신의 박도를 막아선 소백을 내려다보며 눈을 부릅떴다.

"이놈!?"

방금까지만 해도 죽은 듯이 쓰러져있던 소백이 어느새 정신을 차린 채 자신의 박도를 막아낸 것이다.

"아, 맞다. 소백이 그놈이 아직 광기를 완전히 제어하질 못해."

"그게 무슨 소리냐!"

"죽기 싫으면 살기를 거두란 얘기야."

"그게 뭔 헛… 허엇!"

방우덕은 자신의 목덜미를 노리고 들어오는 검푸른 색의 검기를 보며 아연실색했다.

약관도 지나지 않은 꼬맹이가 검기상인의 경지에 들어선

검사라고는 생각하지 못한 것이다.

"흐읍!"

하지만 삼두채의 채주였던 방우덕은 노련하게 몸을 뒤로 날리며 소백의 검기를 피했다.

"이 자식이 감히 기습을!?"

방우덕이 소백을 가리키며 소리쳤다.

"모두 저 놈을 쳐 죽여라!"

"와아!"

삼두채의 해적들이 저마다의 병장기를 꼬나 쥐고 붉은 안광을 번쩍이는 소백을 향해 달려들었다.

이를 지켜보던 태무선은 자신의 몸을 묶고 있던 두꺼운 동아줄을 내려다보았다.

꽈앙—!

커다란 방우덕의 배가 휘청거리며 다섯 명의 해적들이 줄줄이 바닷속으로 빠져 들어갔다.

"허억!"

방우덕의 작고 째진 눈은 더 이상 커질 수 없을 만큼 커졌다.

어린놈이라 얕보고 있던 소백이 검을 휘두를 때마다 삼두채의 해적들이 적게는 두세 명, 많게는 다섯 명씩 튕겨 나가기 시작한 것이다.

게다가 소백의 검신에서 빛나는 검푸른 색의 검기는 흉흉한 기세를 흩뿌리며 불안한 기운을 내뿜었다.

"제길… 저 어린새끼의 실력이 말도 안 되는구나."

방우덕은 박도에 쥔 손에 힘을 주었다.

이대로 가다간 자신의 수하들은 물론이요 배까지 전복될 위기였다.

"하압!"

이럴 때일수록 채주의 힘을 보여줄 때!

삼두채의 채주, 방우덕은 비호처럼 날아가 소백을 향해 자신의 박도를 휘둘렀다.

그러나 소백은 날아드는 방우덕을 향해 검 대신 오른발을 들어올렸다.

'뭐하는 거지? 멍청한 놈이 이 방우덕을 감히 맨다리로 막아보겠다는 거냐!'

방우덕은 소백의 오만함을 비웃으며 그의 오른발을 벨 기세로 박도를 휘둘렀다.

한 채주의 대장인 방우덕의 박도에서는 날카로운 기운이 박산 되었고, 그의 박도는 소백의 오른발을 잘라내는 듯 했다.

까앙—!

"엥?"

방우덕이 어안이 벙벙한 얼굴로 자신의 박도와 소백의 오른 발등을 바라봤다.

이게 어떻게 된 걸까.

혹시 도신을 게을리 닦은 걸까? 바닷바람을 너무 많이 받아 날이 상한건가?

방우덕은 소백의 발등에 가로막힌 자신의 박도를 바라보
며 고개를 갸웃거렸다.

그리고 그 순간, 소백의 발이 반 바퀴를 회전하며 방우덕
의 도신을 밟아 눌렀다.

"크악!"

놀란 방우덕이 소백에게 끌려갔고, 그의 검이 방우덕을
사선으로 베었다.

"크흡!"

썩어도 준치라고 방우덕은 비상시에 사용하려 품속에 고
이 간직해뒀던 한손도끼를 꺼내 소백의 검격을 막았다.

깡—!

소리와 함께 소백의 힘을 이기지 못한 방우덕은 그대로
날아가 바닥을 여러 번 구른 후 벽면에 머리를 박고 나서
야 멈출 수 있었다.

"쿨럭!"

각혈을 토해내며 고개를 들어 올린 방우덕은 형형한 눈
빛으로 광기와 살기를 동시에 내뿜으며 자신을 향해 다가
오는 소백을 발견했다.

"마, 막아라!"

방우덕의 외침에도 해적들은 감히 소백의 앞을 막을 수
가 없었다.

채주인 방우덕도 별다른 저항도 못해본 채 패배한 괴물
같은 소년을 자신들이 무슨 수로 막는단 말인가?

해적들이 우물쭈물하며 움직이지 못하자 방우덕은 공포

에 질려 자리에서 일어서려했다.

"큭!"

몸을 일으키려던 방우덕은 자신의 허벅지 뼈가 부러졌음을 깨닫곤 절망에 빠졌다.

'그 잠깐의 공방으로 뼈가 부러졌단 말인가!'

꿀꺽—!

방우덕은 마른침을 삼키며 자신을 향해 다가오는 소백을 응시했다.

"괴물……."

그 소년은 지옥도라는 섬에서 온 악귀가 분명했다. 검푸른 색의 검기를 쓰는 검귀!

방우덕이 두려움에 이를 딱딱 부딪쳤고, 어느새 방우덕의 앞에 선 소백이 검을 들어올렸다.

그의 검에서 흉흉한 푸른 불꽃이 피어올랐다.

"살려……."

방우덕의 애원에도 소백의 검은 방우덕을 향해 일직선을 그리며 내려벴다.

바로 그때였다.

쾅—!

소백의 얼굴이 갑판에 쳐 박혔고, 잠시 몸을 부르르 떨던 소백은 그대로 혼절했다.

그리고 소백의 머리를 붙잡고 있던 태무선이 번거롭다는 얼굴로 소백을 내려다보았다.

"하여간, 손이 많이 간단 말이지."

단 한 번의 손짓으로 괴물 같은 소백을 기절시킨 태무선은 오줌까지 지린 채 벌벌 떨고 있는 방우덕을 향해 사람 좋은 미소를 지었다.

"자, 우린 얘기 좀 해볼까."

* * *

"그래서였나."

발목을 까딱이며 술잔을 기울이던 태무선은 자신의 옆에서 두 무릎을 꿇고 있는 방우덕을 바라봤다.

"삼년 전부터?"

"예? 아… 예! 그 뱃길을 알려주던 노인이 사라진 이후로 지옥도에 가는 배들의 발길이 뚝 끊겼습니다!"

"야차율…….."

태무선은 그 노인이 누구인지 알 것만 같았다.

천마도의 뱃길을 알고있는 것은 야차율이 유일했다. 그는 태무선에게 삼년이란 시간을 약속했고, 야차율은 약속은 지키는 자였다.

'무슨 일이 생긴 건가.'

자신이 천마도에 갇혀 있던 오년의 시간동안 중원에서는 꽤 많은 일들이 생긴 모양이었다.

태무선은 배에 있는 해적들의 식량으로 든든히 배를 채웠고, 이는 소백도 마찬가지였다.

배를 충분히 채운 소백은 잠에 빠졌고, 태무선은 다리를 절뚝이는 방우덕과 함께 갑판위로 올라왔다.

"중원으로 돌아가자."

"예…옛!"

"아, 그리고…….."

태무선이 방우덕의 어깨에 손을 올렸다.

"조용히 가서 조용히 헤어지자."

많은 의미가 담긴 태무선의 말에 얼굴이 사색으로 변한 방우덕은 살기위해 세차게 고개를 흔들어야 했다.

"여부가 있겠습니까!"

방우덕은 그의 인생에서 가장 확신에 찬 얼굴로 대답해야 했다.

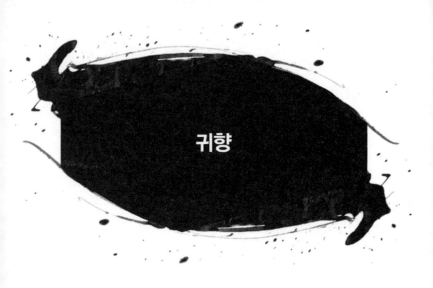

귀향

그야말로 오 년만에 돌아온 중원은 냄새부터가 남달랐다.

일단 푸르름이라고는 찾아볼 수 없는 천마도와는 달리, 봄이 찾아온 중원은 파릇파릇한 잎사귀와 형형색색의 꽃들이 가득했다.

"에취!"

코끝을 간지럽히는 꽃가루들 때문에 거나한 재채기를 한 태무선은 코끝을 매만지며 주변을 둘러보았다.

중원으로 돌아오는 건 간단했다.

허름한 차람의 사내와 소년에게 신경 쓰는 이는 아무도

없었기 때문에 방우덕은 손쉽게 태무선과 소백을 해안가에서 멀찍이 떨어진 곳으로 안내할 수 있었다.

"그럼 살펴 가십시오, 대협!"

방우덕은 이제 살았다는 얼굴로 손을 흔든 뒤 날다람쥐마냥 순식간에 사라졌다.

어쨌든 덕분에 중원으로 돌아온 태무선과 소백은 일단 가까운 마을을 찾아 정처 없이 걷기 시작했다.

"저기, 스승님."

"왜."

"스승님은 마교의 교주이시지 않습니까?"

"응."

"그렇다면 마교를 찾아가야 하는 거 아닙니까?"

"어떻게 가는지 몰라."

"아……."

명색이 마교의 교주였으나 태무선은 마교를 찾아가는 법을 알지 못했다.

일단 이곳이 어디인지를 먼저 찾아야 했던 태무선은 소백과 함께 가까운 객잔을 향해 걸었다.

[미량객잔(味量客棧)]

객잔으로 들어온 태무선은 자연스럽게 자리를 잡고 앉았고, 우물쭈물하며 앉은 소백이 태무선을 향해 조용히 물었다.

"저… 스승님."

"응?"

"저희 돈은 있는 겁니까?"

"아."

태무선과 소백은 혹시나 하는 마음으로 누더기나 다름없는 자신들의 옷을 뒤져봤다.

당연하게도 땡전 한 푼도 나오지 않았다.

"어쩌죠?"

소백이 근심이 가득한 얼굴로 주변 눈치를 보며 묻자 태무선은 어깨를 으쓱였다.

"어떻게든 되겠지. 여기 소면 두 개 주시오!"

약 오 년만에 먹어보는 음식다운 음식이었다.

돈은 없었지만, 어떻게든 되겠지라는 심정으로 소면을 시킨 태무선은 얼마 뒤에 나온 소면을 바라보며 소백과 함께 눈을 빛냈다.

모락모락 김이 피어오르는 두 개의 소면그릇은 그 어떤 음식보다도 맛있어 보였다.

"아아."

소백과 태무선은 걸신들린 거지마냥 소면을 그릇째 들어 흡입했다.

그들이 몇 년 만에 맛보는 음식다운 음식을 흡수하고 있을 때 상인으로 보이는 두 중년인이 모습을 드러냈다.

"그렇다니까!"

뭐가 그렇게 화가난건지 중년의 남자는 분통을 터트리며

앉아 곧바로 술을 시켰다.

"정사대전에서 사악교가 승리한 이후로 제대로 되는 게 하나도 없다니까!"

"예끼! 이 사람이!"

중년인의 친구로 보이는 염소수염의 남자는 누가 들을까 겁이라도 나는 듯 주변눈치를 살피며 중년인을 타박했다.

"밖에서 사악교의 이름을 함부로 운운하지 말래도!"

"쯧!"

분통을 터트리며 술을 들이킨 중년인이 여전히 씩씩거렸다.

"빌어먹을 놈들……."

"어쩔 수 있나. 정사대전에서 무림맹이 졌으니."

두 중년인의 대화를 엿 듣던 소백이 소면에 빠져있는 태무선을 향해 조용히 속삭였다.

"스승님 아무래도 정사대전이 벌어진 모양입니다."

"정사대전?"

"네. 그리고… 무림맹이 진 것 같아요."

천마도에 갇혀 있는 동안 벌어진 정사대전, 승리는 사악교의 것이었다.

어찌된 영문인지는 알 수 없으나 태무선은 텅 비어버린 소면그릇을 아쉬운 듯 바라보다가 고개를 들었다.

"무림맹이 졌다라."

무림맹의 패배. 태무선은 쉽사리 상상할 수 없는 일이었다.

그도 그럴 것이 무림맹에는 힘의 끝을 상상할 수 없는 검신이라는 거물이 있지 않은가.

비록 은거에 들어갔다곤 해도 검신이 정사대전까지 외면했을 린 없었다.

'검신이 있는 무림맹이 패배한 건가. 그 노인이 죽기라도 한 건가.'

만약 검신이 노환으로 세상을 떠난 거라면 모든 게 말이 된다. 검신의 부재를 노리던 사악교가 검신이 떠나자마자 정사대전을 벌였다면 말이다.

하지만 모든 건 알아보지 않으면 알 수 없는 일이니 태무선은 섣불리 생각하지 않기로 했다.

"그나저나 저희 식사 값은 어떻게 하죠?"

"잘 말해봐야지."

태무선은 비어 있는 소면 두 그릇을 내려다보았다.

비록 소면은 가장 값싼 음식이지만 태무선은 그마저도 낼 돈이 없었다.

잠시 객잔주인의 눈치를 살피던 태무선은 다시 한 번 주머니를 뒤져봤지만 역시나 철전 한 푼도 나오지 않았다.

"생각보다 정직하시네요."

그때 소백이 태무선을 새삼스러운 눈길로 바라봤다.

"뭐가?"

태무선이 무슨 말이냐는 듯한 얼굴로 물어오자 소백이 말을 뭉개며 우물쭈물 거렸다.

"아니… 마교의 교주이시니… 음식 값 같은 건 안내실

줄 알았거든요."

소백이 상상하고 알고 있던 마교의 교주는 그야말로 흑도무림의 정점.

작은 객잔에서 먹어치운 두 개의 소면 값 따위를 걱정하는 자가 아니었기 때문이었다.

그러나 태무선은 소백의 머리를 가볍게 때리며 말했다.

"음식을 받았으면 대가를 치러야지."

"가끔은 스승님이 마교의 교주라는 게 믿기지 않습니다."

"나도 그래."

마교의 교주가 땡전 한 푼 없는 것도, 길을 몰라 집으로 돌아가는 것도 모른다니.

음식을 모두 먹은 태무선과 소백을 향해 점소이 한명이 다가왔다.

"주문은 더 안하시는 건가요?"

점소이의 물음에 태무선이 고개를 가로저었다.

"다 먹었소."

"그럼… 소면 두 그릇, 여섯 냥 되겠습니다."

여섯 냥을 요구하는 점소이를 향해 태무선이 어색한 미소를 지었고, 뒤이어 소백마저 멋쩍게 웃자 점소이가 고개를 끄덕였다.

"돈이… 없으시군요?"

"그렇소."

"아아… 알겠습니다."

점소이는 순순히 등을 돌렸고, 태무선과 소백은 일말의
희망을 얻은 듯 얼굴이 밝아졌다.

그러나 그들의 얼굴은 금세 어두워졌다. 점소이가 객주
를 향해 소리친 것이다.

"여기 무전취식을 하시겠다고 하십니다!"

"뭐야!"

미량객잔의 객주인 장허가 자리를 박차고 일어섰다.

곧이어 피부를 검게 그을린 두 명의 사내가 창고 같은 건
물에서 튀어나와 객주의 양옆에 섰다.

"네놈들이냐."

객주는 근육질의 몸을 한 두 사내를 대동한 채로 태무선
과 소백을 향해 다가왔다.

평범한 객잔의 객주답지 않게 장허의 두 눈에서는 형형
한 빛이 흘러나왔다.

"어쩌죠?"

소백의 속삭임에 태무선의 시선이 저절로 객잔의 출입구
를 향했다.

그러자 태무선의 시선을 읽은 장허가 손을 휘젓자 점소
이가 금세 객잔의 문을 굳게 잠갔다.

"나의 객잔에서는 절대로 무전취식이란 없다. 한 놈을
봐주면 두 명이 되고, 두 명을 봐주게 되면 네놈들 같은 거
지들은 끊임없이 불어나는 법. 초기에 싹을 잘라야 하지."

장허는 태무선과 소백을 향해 바짝 다가섰다.

쾅—!

탁자에 양손을 강하게 내려찍은 장허가 살벌한 목소리로 말했다.

"자… 네놈들의 소면 값은 뭘로 지불할 테냐."

도망가려면 도망갈 수 있었고, 싸우려면 싸울 수 있었다.

태무선은 어떻게 하는 게 덜 귀찮은 일인지 고민하고 있을 무렵 소백이 탁자의 옆에 세워둔 검에 손을 올리자 장허가 진한 미소를 띠었다.

"보아하니 무공 좀 배운 놈들 같은데… 미안하지만 미량 객잔에서는 무공을 모르는 이가 없다."

장허의 말이 끝나기가 무섭게 장허의 양쪽에 서 있던 두 사내가 기세를 끌어올렸다.

아주 대단한 수준은 아니었지만, 이류무인 정도는 되어 보이는 기백이었다.

하지만 태무선과 소백이 누구인가.

한명은 투신의 무공을 전수받은 현 마교의 교주이며 한명은 천마의 무공을 계승한 자칭 차기 천마인 소백이었다.

변방의 작은 객잔에 머무르는 무인들이 막을 수 있는 자들이 아니었다.

그러나 이러한 사실을 알 리가 없는 장허는 의기양양한 얼굴이었다.

"어떻게 하죠?"

소백이 재차 물었다.

스승인 태무선의 허락 없이 무공을 펼칠 수 없기 때문이었다.

태무선은 고민하다가 객잔의 창가로 시선을 던졌다.

'일단…….'

어쨌든 잘못은 자신들에게 있었으니 태무선은 피를 보고 싶지 않았으나, 태무선은 쉽사리 발걸음이 떨어지지 않았다.

'또 이러네.'

투령무일체의 9성에 이른 이후부터 싸움에서 멀어지는 것을 본능이 거부했다.

점점 더 지강천을 닮아가게 되는 걸까.

태무선은 심장이 두근거리고 피가 끓었다.

당장이라도 자리를 박차고 일어서 장허와 그의 곁에 서서 같잖은 기세를 흩뿌리는 두 사내의 면상을 바닥에 처박고 싶었다.

"후!"

가벼운 심호흡으로 잡념을 떨쳐낸 태무선이 자리에서 일어서려했다.

그때였다.

"잠시만요. 이 두 분의 음식 값은 제가 지불하겠습니다."

어디선가 나타난 여인이 태무선과 소백의 음식 값인 철전 여섯 냥을 내밀었다.

그러자 장허가 여인이 내민 여섯 닢의 철전을 바라보다가 말했다.

"열 냥."

장허의 대답에 여인이 고운 아미를 찌푸렸다.

"분명 소면 두 그릇은 철전 여섯 냥일텐데요?"

"저들은 무전취식을 하려다가 걸린 녀석들이오. 그러니 괘씸죄로 넉 냥은 더 받아야겠소."

"하하. 관청에서도 쉽사리 건들지 못하는 황실의 법도를… 한낱 변방의 객잔이 마음대로 바꾸는군요. 괘씸하다는 이유로 값을 더 받는다?"

여인의 이죽거림에 장허의 얼굴이 딱딱히 굳어졌다.

"차라리 저들을 관에 고발하시죠. 이 모든 건 법도에 따라 처벌하시고요. 그럼… 객주님의 괘씸죄도 꼭 말씀하셔야 할 겁니다."

"쳇!"

"그게 싫으시면 그냥 제 손에 들린 여섯 냥을 받아 가시죠."

더 이상 일이 커지면 문제가 될 소지가 있었기에 객주는 여인이 내민 철전 여섯 닢을 빼앗듯이 가로챈 후 돌아섰다.

"다시는 내 객잔에 나타나지 마라!"

물론, 악담은 빼놓지 않았다.

장허가 돌아가자 여인이 태무선과 소백을 마주보며 섰다.

"안녕하세요, 제 이름은 소려예요. 반가워요."

자신을 소려라고 밝힌 여인은 긴 머리를 뒤로 묶고, 선명한 이목구비를 갖춘 청초한 미인이었다.

그녀는 갈색 빛의 경장을 입고 있었고, 외모와는 다른 투박한 손을 하고 있었다.

태무선과 소백이 말도 없이 악수도 하지 않자 소려가 인상을 살짝 찡그린 채 말했다.

"이러다 팔 떨어지겠어요?"

"태무선이오."

자리에서 일어난 태무선은 소려와 손을 맞잡아주었고, 뒤이어 소백이 자신의 이름을 밝히며 소려와 인사를 나누었다.

"소면 값을 내주어서 감사하오."

"뭘요. 철전 여섯 닢일 뿐인데요… 그런데 어디서 오신 분들이시죠? 보아하니 무공을 배운 무인들이신 것 같은데."

소려의 물음에 소백이 태무선의 눈치를 살폈고, 태무선은 동해를 가리키며 말했다.

"바닷가에서 왔소."

"아아…….."

"고향으로 돌아가려는 차였소."

"그렇군요. 고향이 여기서 꽤 멀리 떨어져 있으신가요?"

"아마도."

"그렇담 경비가 필요하시겠네요. 계속 무전취식을 하실 순 없으시잖아요."

맞는 말이었다.

사강목과 마중혁을 찾아 마교의 본거지로 돌아가기 위해

서는 경비가 필요했다.

물론, 산길을 따라 움직이며 들짐승을 잡아먹음으로써 경비 없는 여정을 할 순 있었지만, 태무선과 소백은 더 이상의 야영과 맛없는 음식은 먹고 싶지 않았다.

"혹시 돈을 벌 만한 일들을 알고 계시오?"

경비를 벌어야겠다고 마음먹은 태무선의 물음에 소려가 기다렸다는 듯 고개를 끄덕였다.

"무공을 알고 있는 무인 분들에게는 아주 알맞은 일거리가 하나 있죠! 따라오세요."

소려는 태무선과 소백을 보며 밝게 미소 지었다.

* * *

소려를 따라 객잔을 나온 태무선과 소백은 오솔길을 따라 올라가 산의 중턱에 지어진 작은 산채를 발견했다.

혹시 일거리라는 게 산적질인 걸까.

태무선이 소려를 향해 고개를 돌리자 소려가 웃음 진 얼굴로 말했다.

"걱정 마세요. 산적채에 두 분을 팔아먹을 생각은 아니니까. 그리고 두 분이 산적질을 하는 것도 아니에요."

"아."

태무선을 안심시킨 소려는 나무로 지어진 오두막으로 태무선과 소백을 안내하며 들어갔다.

"저예요."

소려의 목소리를 알아들은 중년인이 굳게 닫혀 있던 나무문을 열어젖혔다.

"오. 왔느냐."

산적이라고 해도 믿을법한 털복숭이 사내가 문을 열고 나타났다.

호랑이 가죽으로 만든 겉옷과 양쪽 허리에 차고 있는 두 개의 한손 도끼.

이런 자가 산적이 아니면 뭐란 말인가.

영웅 건 마냥 가죽 끈을 이마에 두르고 있는 중년인은 소려가 데려온 태무선과 소백을 만족스러운 듯 위아래로 훑었다.

"하하. 아주 건실한 사내로구나. 게다가 여긴……."

중년인의 시선이 소백을 향했다.

아직 어리긴 해도 소백의 몸 곳곳에 새겨진 흉터들은 그가 곱게만 자란 게 아니라는 것을 나타내주었다.

"듬직한 검사로구나. 내 이름은 금호랑이다. 이리 들어오거라."

자신을 금호랑이라 안내한 중년인을 따라 들어간 오두막에는 기다란 탁자와 함께 커다란 지도가 놓여 있었다.

게다가 탁자 양쪽에는 낭인들로 보이는 각양각색의 특성을 지닌 무인들이 날카로운 시선으로 태무선과 소백을 노려보고 있었다.

"하하하! 저기 빈자리에 앉거라."

금호랑이 가리킨 곳으로 걸어간 태무선과 소백은 무인들

사이에 있는 빈자리에 앉았다.

"이곳에 처음 온 사람들도 있으니 처음부터 다시 설명해 드리겠소."

태무선과 소백이 자리를 잡은걸 확인한 금호랑이 오두막에 모여 있는 낭인 및 무인들을 넓게 둘러보며 설명을 시작했다.

"아마 여기 있는 분들은 돈을 벌 수 있다는 얘기에 이곳을 찾아왔을 거요. 그 말 그대로요."

금호랑이 손가락을 튕기자 그의 뒤에 서 있던 사내가 품 속에서 묵직함이 느껴지는 주머니를 꺼내 탁자위에 올렸다.

촤르륵—!

주머니에서 들려오는 묵직한 쇳들이 부딪치는 소리.

금호랑은 주머니에 손을 넣어 그중에서 하나를 꺼냈는데, 그의 손에 들린 것은 커다란 은관이었다.

은자 백 냥의 가치를 지닌 은관의 등장에 낭인과 무인들의 눈빛이 돌변했다.

꿀꺽—!

탐욕어린 무인들의 시선을 알아본 금호랑이 미소 띤 얼굴로 말했다.

"단도직입적으로 말하겠소. 나는 금교자경단의 대장, 금호랑이오. 내가 하는 일은……."

금호랑이 한 박자를 쉰 후 말을 이었다.

"정사대전의 승리 후 중원의 패권을 장악해가고 있는 사악교로부터 저항하는 것이오.”

“사악교?”

“저항이라고?”

사악교의 이름이 흘러나오자 낭인과 무인들이 술렁거리기 시작했다.

그도 그럴 것이 현 무림의 가장 강력한 세력이 바로 사악교였기 때문이었다.

낭인과 무인들이 웅성거리며 불안한 눈빛을 띠기 시작하자 금호랑이 얼른 입을 열었다.

“알고 있소. 사악교는 정사대전의 승리로 중원의 패권을 쥐게 된 아주 무시무시한 조직이오. 나는 금교자경단의 용병으로 온 여러분들에게 사악교와 싸우라고 부탁하진 않을 거요.”

“그럼 우리는 뭘 하면 되는 거요?”

복면으로 얼굴을 반쯤 가린 낭인의 질문에 금호랑이 고개를 끄덕이며 대답했다.

“좋은 질문이오. 우리 금교자경단은 무림맹과 협업하는 중이오. 우리는 직접적인 대립보다는 사악교의 시선을 돌리는 역할을 할 뿐이오.”

“그러다가 사악교와 충돌이라도 벌어지게 된다면⋯ 우린 모두 죽는 것이 아니오?”

“직접적인 충돌은 거의 없을 거요. 우리는 그저 시선을 돌리는 역할을 할 뿐, 그들과 싸우는 것은 무림맹의 역할이 될 테니.”

"그래도……."

낭인과 무인들이 불안한 듯 눈알을 굴리며 눈치를 살피자 금호랑이 가벼운 한숨을 내쉰 후 오두막의 문 쪽으로 손짓했다.

그러자 기다리고 있던 소려가 문을 열었다.

"사악교가 두려운 자들은 돌아가도 좋소. 우린 겁쟁이들과 함께 할 수 없으며, 막을 생각도 없으니."

금호랑의 가벼운 도발에 낭인과 무인들의 얼굴이 굳어졌다.

무인들의 자존심은 목숨보다 무겁다고 했던가, 그들의 술렁거림이 잦아들었다.

하지만 몇몇 낭인과 무인들은 자리를 박차고 일어섰다.

"고작 몇 푼에 목숨을 걸 순 없지."

"당신들이나 잘 해보쇼. 말이 좋아 자경단이지 이건 뭐……."

"우리보고 미끼가 되라는 거 아니야?"

낭인과 무인들이 자리를 박차고 일어서서 오두막을 벗어나자 남은 무인들이 동요하기 시작했다.

그들의 동요와 불안감을 읽은 금호랑은 주머니를 잡아들어올렸다.

촤르르륵―!

은관들이 쏟아졌고, 그 중에서는 금빛으로 빛나는 금자도 몇 개 존재했다.

은관 사이에서 금관이 나타나자 무인들의 웅성거림이 다

시 한 번 찾아들었다.

"위험한 것은 우리도 알고 있소. 하지만, 모든 건 정의와 대의를 위한 일들이오."

금호랑은 금자를 들며 말했다.

"작금의 중원은 매우 위험하고 힘들지… 솔직히 말해서 이럴 때일수록 우리에게 힘이 되어주는 것은 다른 것도 아 닌 바로 돈이요."

금호랑의 손에 들린 금자가 움직일 때마다 낭인과 무인 들의 시선도 금자를 따라 움직였다.

"중원의 패권을 누가 잡게 되든, 시대가 어떻게 변하 든… 금의 가치는 영원하지. 다시 한 번 말하겠소. 떠날 사람은 좋소. 대신, 남은 이들에겐 이 탁자에 올려 진 모 든 금은보화를 차별 없이 균등하게 지급할 것을 약속하리 다."

만고불변의 법칙. 시대는 변해도 금은 변하지 않는다.

금관 하나만 있어도 번듯한 가게를 차릴 수 있었고, 아껴 쓴다면 부족함 없이 살 수 있는 거액이었다.

평생 잡일이나 하면서 푼돈을 벌어온 낭인들에게는 더할 나위 없이 좋은 기회였다.

게다가 몇몇 낭인과 무인들이 자리를 뜬 바람에 개개인 에게 떨어질 몫이 더욱 늘어버렸다.

'이건 인생 역전의 기회야…….'

'어차피 무림맹이 우리의 뒤에 있으니까… 걱정 없겠 지?'

더 이상의 이탈자는 없었다.

이로써 최종적으로 태무선과 소백을 포함한 스무 명의 낭인 및 무인들이 오두막에 남았다.

금호랑은 만족스러운 듯 미소를 띠며 고개를 끄덕였다.

"자, 그럼 오늘은 금교자경단의 첫 창단기념으로 내 아낌없이 대접하겠소!"

"오오!"

"술과 음식을 가져오게!"

*　　*　　*

"흐음냐……."

난생 처음 술이란 것을 입에 대본 소백은 금세 곯아떨어졌다.

태무선은 술 병째로 술을 들이 킨 후 안줏거리로 나온 당과를 입에서 오물거렸다.

"술은 좀 하는 모양이에요?"

어느새 태무선의 옆으로 다가온 소려가 태무선의 손에 들려 있던 술병을 빼앗아 그의 앞에 놓여 있는 잔에 따라 주었다.

"별로 못하오. 그냥… 마시는 거지."

태무선은 잔을 들어 술을 들이켰다.

"태 소협은 혹시 소속된 문파가 있으셨나요?"

"있었소."

"그럼 고향으로 돌아간다는 게… 문파로 돌아가시는 건가요?"

소려의 물음에 태무선이 고개를 끄덕였다.

"그런데 문파가 어디로 갔는지를 모르겠구려. 안 가본지 꽤 오래되어서."

"아아… 아마 자리를 옮겼을지도 몰라요. 정사대전에서 사악교가 승리하는 바람에… 정파소속의 문파들 대부분이 봉문을 하거나 거처를 옮겼거든요."

정사대전의 이야기가 흘러나오자 태무선이 소려를 향해 물었다.

"그나저나 무림맹이 어떻게 패배한 거요?"

"어디 무인도라도 갔다 오셨나요?"

"그렇소."

"하하. 농담도… 어쨌든, 저희도 제대로 아는 사람이 없어요. 저희가 아는 거라곤 모든 전력을 이끌고 진격한 무림맹과 이에 대항하는 사악교가 넓은 들판에서 만났고……."

소려는 복잡한 감정이 느껴지는 눈길로 술병의 몸통 부분을 손끝으로 훑었다.

"그들은 중원의 패권을 쥐고자 싸웠으며… 결과는 무림맹의 패배. 압도적인 힘으로 무림맹을 몰아낸 사악교는 중원의 패권을 쥐었고, 정파 소속의 문파들을 강제적으로 사악교의 아래로 흡수하기 시작했어요."

소려의 목소리에서 깊은 증오심이 느껴졌다.

"만약 사악교에 흡수당하기를 거부한 문파들은 그 자리에서 멸문을 당했죠."

승자는 사악교였고, 이에 대항하는 문파들은 멸문지화를 면할 수 없었다.

대부분의 문파들이 사악교에 흡수되었고, 몇몇 문파들은 오랫동안 문파를 지켜온 거처를 떠나거나 봉문을 해야 했다.

"우습죠. 적수가 없어 무적이라 불리던 무림맹이 생긴 지 얼마 되지도 않는 사악교에게 패배하여 중원에서 밀려났다는 것이."

"검신은 나타나지 않은 거요?"

태무선이 가장 궁금한 것은 검신의 참전 여부였다.

하지만 소려는 확신이 없는 얼굴로 고개를 가로저었다.

"글쎄요. 검신은 은거에 들어갔잖아요… 만약 그분이 계셨다면 무림맹이 이렇게 허망하게 패배하진 않았겠죠."

"……."

태무선은 말없이 고개를 끄덕였다.

늦은 밤.

가장 늦게까지 술을 마시던 태무선이 소백과 함께 잠에 들자 자리에서 일어난 소려는 오두막을 빠져나왔다.

그곳엔 언제 나와 있었는지 모를 금호랑이 하늘을 올려다보며 서 있었다.

"이틀 후 거사를 시작할 것이다."

"조금 이른 게 아닌가요?"

"난 단 하루도 참을 수가 없단다. 지금도 세가에 남겨진 그들을 생각하면……."

강하게 말아 쥔 금호랑의 손에서 피가 배어나왔다. 얼마나 강하게 쥐었는지 손톱이 살을 파고 들어간 것이다.

어느새 금호랑의 뒤로 다가간 소려가 그를 뒤에서 껴안았다.

"걱정마세요. 모두 다 잘 될 것이니."

"그래야지."

금호랑이 투박한 손길로 자신을 끌어안은 소려의 손을 포갰다.

* * *

다음날 이른 아침, 금호랑은 낭인들과 무인들에게 은자를 건네며 다음날까지 자유로운 시간을 가질 수 있도록 하였다.

이는 태무선과 소백도 마찬가지였으나, 돈을 아껴야 했던 태무선은 소백의 은자를 합쳐 품에 갈무리하여 넣어두었다.

"괜찮을까요?"

자유 시간을 갖게 된 낭인과 무인들이 산을 떠나 마을과 도시로 각자의 시간을 보내려 떠나자 금호랑이 고개를 끄덕였다.

"돈 맛을 보면 더 큰 돈을 바라는 법이다. 그리고 저들에게도… 시간을 줘야 하지 않겠느냐."

"알겠습니다."

금호랑과의 대화를 마친 소려는 오두막의 한편에 한가로이 앉아 있는 태무선과 자신의 검을 마른 천으로 닦고 있는 소백에게로 다가갔다.

"두 분은 안 나가시나요?"

"문파로 돌아가기까지의 여정이 얼마나 걸릴지 모르니 돈을 아껴야 해서."

"아아… 이건 그냥 유흥비로 드린 겁니다. 오늘은 그냥 즐기시지요."

소려가 품속에서 몇 푼의 은자를 건네주었지만, 태무선은 손사래를 쳤다.

"귀찮아서 안 나가는 거요."

"네?"

"스승님은 귀찮은 일을 매우 싫어하시거든요."

"아……."

소려는 내밀었던 은자를 부끄러운 듯 감추었다.

그리고는 귀찮다는 이유로 자리에 누워 눈을 감고 있는 태무선을 묘한 눈길로 바라보다가 신형을 돌렸다.

금호랑의 말은 정답이었다.

이틀째가 되는 날 오두막을 떠났던 낭인과 무인들은 모두 돌아왔다.

하루 동안 돈 걱정 없이 유흥을 즐기던 낭인과 무인들은 그야말로 돈맛을 보게 된 덕분이었다.

"여러분들에게 첫 임무에 대해 알려주겠소. 매우 간단한 일이니 걱정 안 해도 될 거요."

금호랑이 말한 첫 임무는 매우 간단했다.

상웅상단의 표행을 도와 짧은 길을 동행해주는 것.

상웅상단은 정사 어느 쪽에도 속하지 않은 상단으로, 최근에 사악교의 협박을 받은 것으로 알려져 있었다.

"그냥 표사들처럼 그들의 곁을 지켜주시오. 그러면 상웅상단의 상단물을 노리고 나타난 사악교의 무인들을 맹의 무인들이 공격할 테니."

"그나저나 맹의 무인들은 도대체 어디 있소? 코빼기도 보이질 않으니……."

낭인 중 한명이 무림맹에 대해 묻자 금호랑이 조용한 목소리로 말했다.

"현재 무림맹은 쉽사리 모습을 드러낼 수 없소. 상황을 여기 있는 대협들도 다 알고 있지 않소?"

금호랑의 대답에 낭인과 무인들은 고개를 천천히 주억거렸다.

그도 그럴 것이 정사대전에서 패배한 무림맹은 사악교에게 쫓기다시피 하며 도주했다.

소수의 무인들을 살려 도주한 무림맹은 본맹을 철수시키며 중원의 변방으로 사라졌고, 사악교는 무림맹의 뿌리를 뽑겠다며 눈에 불을 켜고 무림맹을 쫓았다.

이런 상황에서 무림맹의 무인이 모습을 드러내는 것은 매우 위험한 일이었다.

"하지만 걱정 마시오."

금호랑이 품속에서 은패를 꺼냈다.

그가 꺼낸 은패는 용이 조각되어 있었고, 패에는 무림맹의 각인 새겨져있었다.

"이는 무림맹이 자신들의 동맹에 지급한 은패요. 이건 맹주의 직인이 찍혀 있는 명령서요."

은패와 함께 꺼낸 양피지에는 해당 임무에 대한 내용과 구황천의 직인이 찍혀 있었다.

무림맹의 은패와 명령서가 함께 나타나자 낭인과 무인들은 불안감을 어느 정도 떨칠 수 있었다.

썩어도 준치라. 무림맹은 무림맹이었으니, 낭인과 무인들은 임무를 성공한 뒤 자신들이 받게 될 보수인 은관을 향해 눈을 빛냈다.

"그럼 곧바로 시작하겠소."

*　*　*

상웅상단은 표행길을 함께하게 된 낭인과 무인들, 그리고 그들 사이에 태무선이 섰다.

소백은 금호랑과 소려를 포함한 금교자경단원들과 함께하기로 하였고, 나머지 낭인과 무인들은 사악교의 시선을 끄는 미끼가 되었다.

"나는 상웅상단주 상철객일세. 그럼 잘 부탁하지."

상철객은 짧은 한마디를 남긴 채 표행을 시작했다.

다소 딱딱한 듯한 상철객의 태도에 낭인과 무인들은 꽤나 불만인 듯 했지만, 태무선은 별 생각 없이 표행을 따라나섰다.

한편, 금호랑과 소려와 함께 하게 된 소백은 상웅상단의 표행 길과는 전혀 다른 길로 나아가기 시작한 금교자경단을 보며 궁금한 듯 물었다.

"저희는 어디로 가는 거죠?"

소백의 물음에 소려가 어색한 미소를 띠었다.

"저들과 너무 가까이 있으면 사악교에서 눈치챌 수 있으니, 우회하는 거란다."

"아아……."

소백은 수긍하며 자신의 검에 팔을 올린 채 금호랑과 소려의 뒤를 쫓았다.

얼마나 걸었을까.

금호랑과 소려의 앞에 황색과 흰색이 조화를 이루는 무복을 입은 서른 명의 무인들이 모습을 드러냈다.

그들은 이마에 백색의 띠를 두르고 허리춤에는 꾸준히 관리한 듯 깨끗하게 벼려진 검이 꽂혀 있었다.

최후의 결전을 눈앞에 둔 병사의 그것처럼 결연한 눈빛을 한 무인들이 금호랑과 소려를 맞이했다.

"오셨습니까."

"준비는 다 되었는가?"

"떡밥을 전부 뿌려둔 상태입니다. 곧 입질이 올 겁니다."

소백은 이해할 수 없는 대화가 오고가고, 얼마 뒤 금호랑을 향해 한 무인이 허겁지겁 달려왔다.

얼마나 바삐 뛰어왔는지 그의 몸엔 부셔진 나뭇가지와 잎사귀가 붙어 있었고, 무복은 여기저기가 찢어져있었다.

"그들이 움직였습니다!"

"그래… 때가 되었군. 움직인다!"

금호랑이 서른 명의 무인들을 이끌고 북쪽을 향해 내달렸고, 이에 소려와 소백이 금호랑의 뒤를 바짝 따라 붙으며 내달렸다.

한참을 북쪽을 향해 달리던 소백이 이해가 안 된다는 듯한 얼굴로 소려를 향해 물었다.

"저희는 왜 북쪽으로 가는 거죠? 우회라고 하기엔 너무 멀어지는데?"

"이따가 말해줄게. 지금은……."

소려가 잠시 망설이더니 입을 열었다.

"그냥 날 따라와 줘."

그녀의 눈빛이 파르르 떨리는 것을 보았으나 소백은 아무 말 없이 소려의 뒤를 따라 달렸다.

약 일식경정도를 쉼 없이 내달린 소백의 앞에 커다란 장원이 나타났다.

장원의 이름을 나타내는 현판은 떨어진지 얼마 안 되었는지 산산조각이 난 채로 바닥에 널브러져 있었다.

장원의 입구에는 두 명의 흑의인이 시덥 잖은 농담을 나누며 웃고 있었고, 이를 지켜보던 금호랑이 손을 들었다.

"가자!"

금호랑의 외침에 맞춰 서른 명의 무인들과 소려가 몸을 날렸고, 뒤이어 소백이 그들의 뒤를 따라 움직였다.

마치 수풀 속에서 먹이를 노리던 호랑이마냥 몸을 날린 금호랑은 장원의 입구에서 서 있던 흑의인을 향해 검을 날렸다.

"뭐, 뭐야!?"

"습격……!"

금호랑의 검이 순식간에 정문을 지키고 있던 무인의 목을 쳐냈고, 뒤이어 달려든 무인들이 나머지 흑의인의 몸을 난도질했다.

"멈추지 마라!"

정문은 금방 뚫렸다.

굳게 닫혀 있던 문을 괴력을 이용해 열어젖힌 금호랑은 무인들과 함께 쉴 새 없이 내달렸다.

그들은 장원의 중심을 가로질러 계속해서 내달렸고, 드디어 장원의 끝에 도착했다.

"허억… 허억……!"

금호랑이 주변을 둘러보았지만, 더 이상의 인기척은 느껴지지 않았다.

'성공했나?'

텅 비어 있는 장원의 안채를 살펴보던 금호랑이 서른 명의 무인들을 향해 소리쳤다.

"장원은 확보했다. 지금부터는 방어에 집중한다. 무너진 입구를 보수하고 앞으로 닥쳐올 싸움에 대비하라!"

"예!"

무인들은 바쁘게 움직이며 곧 닥쳐올 싸움에 대비하려는 듯 뚫려 있는 정문을 보수하며 더욱 두껍게 쌓아놓기 시작했다.

"소려는 네 어머니와 가족들을 찾아 보거라."

"알겠습니다."

소려가 안채를 넘어 별채를 향해 달려가자 멍하니 서 있던 소백이 소려의 뒤를 쫓았다.

"저기 어떻게 된 건가요? 저희는……."

등 뒤에서 들려오는 소백의 목소리에 소려가 걸음을 멈추었다.

그리고는 잠시 어깨를 들썩이더니 신형을 돌려 소백을 향해 다가와 그의 어깨에 양손을 얹으며 울상이 된 얼굴로 말했다.

"미안… 정말로 미안해."

"뭐가 말입니까?"

"여긴 금씨세가의 장원이야. 내 이름은 금소려… 금호랑이신 우리 아버지의 외동딸이야."

여전히 소백이 이해가 안 된다는 듯한 얼굴을 하고 있자 소려가 몸을 낮춰 소백과 눈을 마주했다.

소려의 맑은 눈동자에서 눈물이 맺혔다.

"사악교 소속의 창악문이라는 마두들이 가주이신 아버님과 내가 바깥에 나가있는 동안 우리 장원을 습격했어. 사악교에 소속되라며 협박하면서⋯⋯."

소려는 어깨를 들썩였다.

"오랫동안 무림맹과 함께 정파무림을 지켜온 우리 금씨세가는 당연히 사악교에 저항했어. 하지만, 창악문은 이미 장원을 점령했고, 내 어머니를 포함한 세가의 사람들을 인질로 잡은 상태였지."

"그러니까⋯ 창악문이라는 자들에게서 세가를 되찾기 위해 이곳을 습격한 거군요."

"그래⋯ 맞아."

"그리고 누나가 모은 낭인과 무인들은 정말로 미끼였고요. 창악문의 무인들을 바깥으로 불러내기 위한⋯⋯."

"응⋯⋯."

도무지 소백과 얼굴을 마주할 자신이 없었던 소려가 고개를 떨구자 소백이 이제 알았다는 듯 고개를 끄덕였다.

"아아 그런 거였구나. 나는 또 뭐라고."

"응⋯? 뭐⋯라고⋯⋯?"

"그런 거면 진작 말해주지 그랬어요. 괜히 헷갈렸잖아요. 그럼 사람들이나 찾아보죠."

소백이 아무렇지 않은 듯 별채를 향해 걸어가자 이번엔 소려가 이해가 안 되는 듯 물었다.

"태소협은 네 스승님이 아니었니?"

"맞아요."

"괜찮은 거야……?"

"뭐가요?"

"우리 때문에……."

금소려가 망설이며 말했다.

"네 스승님이 위험해질 수도 있어. 창악문의 무인들은 대단히 위험하니까."

"아아."

소백이 손을 휘저으며 빙긋 웃으며 답했다.

"스승님은 걱정하지 않으셔도 됩니다."

* * *

"흐음."

태무선의 시선이 길 양쪽으로 솟구친 산속을 향했다.

'왔나?'

수많은 인기척이 산속에서 느껴졌다.

그들의 기척은 점점 거리를 좁혀오고 있었다. 그들이 금호랑과 소려가 말하던 사악교의 무인들이라 여긴 태무선은 손목을 가볍게 풀었다.

이윽고, 상단의 앞선을 가로막으며 수십 명의 흑의인이 모습을 드러냈다.

"잠깐."

흑의인의 우두머리로 보이는 자가 누런 이를 드러내며 상단을 이끌고 있는 상철객을 마주봤다.

"네가 상웅상단의 상단주냐."

"맞소만… 당신들은 누구요?"

"하하! 우리는 대 사악교 소속의 창악문의 무인들이다. 나는 창귀검 문표지."

"차, 창악문?"

손속이 악랄한 마두들로 유명세를 떨치고 있는 창악문의 무인들이 모습을 드러내자 상철객의 얼굴이 새하얗게 질렸다.

"문 대협들이 여긴 어인 일로……?"

상철객이 한 상단의 수장답지 않게 고개를 조아리며 말을 꺼내자 문표가 상단이 이끌고 있는 상단물을 검끝으로 가리키며 말했다.

"네놈들이 무림맹에게 물자를 공급하고 있다는 정보가 있어서 말이야."

"무림맹이라뇨!? 당치도 않습니다. 저희는 무림맹과는 아무관계도 아닙니다요!"

상철객이 얼굴과 손을 동시에 휘저으며 부정했으나 문표는 여전히 냉철한 얼굴로 말했다.

"그건 우리가 판단할 얘기지… 게다가 한 상단의 표사들이라고 하기엔 저놈들의 행색이 심상치 않구나."

문표가 낭인들과 무인들을 가리켰다.

그의 말대로 금호랑의 명령대로 상웅상단을 찾아온 낭인과 무인들은 표사들답지 않은 다양한 병장기를 각각 허리와 등에 메고 있었다.

이에 상철객이 다시 한 번 절절한 목소리로 부정했다.

"아이고! 저들은 그저……."

서걱—!

빛이 번쩍이는 듯싶더니 상철객의 머리가 바닥을 굴렀다.

"판단은 내가 한다."

일말의 망설임 없이 상철객의 목을 베어낸 창귀검 문표의 모습에 상웅상단의 상인들과 표사들은 겁에 질려 이리저리 도망치기 시작했다.

"뭐가 어떻게 된 거야?"

"무, 무림맹은 언제 오는 거야?"

낭인들은 무림맹을 찾아 고개를 두리번거렸지만, 무림맹의 무인들은 나타나지 않았다.

"호오!"

그때 낭인들의 대화 속에서 무림맹을 들은 문표는 몸을 날려 무림맹의 얘기를 꺼낸 낭인의 앞에 나타나 그의 목에 검을 겨누었다.

"히익!"

"방금 뭐라 하였느냐. 분명 무림맹이라 하였느냐."

"그, 그게……."

서걱—!

낭인의 목이 잘려 피를 뿜으며 쓰러졌다.

문표는 망설이지 않고 그의 옆에 서 있던 무인을 향해 칼날을 겨누었다.

"내 앞에서 망설이지 마라. 나는 참을성이 없거든."

"저희는 그저 고용된 낭인들입니다. 이곳에 있으면 무림맹의 무인들이 나타나 사악교의…….."

번쩍임과 함께 말을 끝마치지 못한 무인이 목을 잃은 채 쓰러졌고, 이를 지켜보던 낭인들과 무인들이 사색이 된 얼굴로 도망치기 시작했다.

"으아아아!"

"도망쳐!"

"제기랄!"

돈보다는 목숨이 귀했던 낭인과 무인들은 부리나케 도주했고, 이를 지켜보던 문표가 눈매를 가늘게 좁혀 뜨며 침을 뱉었다.

"아무래도 이놈들은 미끼인 것 같군. 진짜는 아마도 금씨세가에 있겠지."

"어떻게 할까요? 장원에는 현재…….."

"걱정마라. 그놈들의 장원에는 문주님이 계시니."

문표는 검끝으로 상웅상단이 옮기던 상단물을 들춰보았다.

장포에 쌓여 있는 상자들 속에는 값비싼 비단들이 들어 있었다.

비단들을 살피던 문표는 만족스러운 듯 고개를 끄덕였다.

그런데 그때였다.

"으악!"

짧은 비명과 함께 손목이 기형적으로 뒤틀린 창악문의 무인이 검을 놓친 채 괴로워했다.

"뭐냐."

문표의 시선이 도망간 낭인들 사이에서도 유일하게 자리를 지키고 있는 태무선을 발견했다.

무료한 시선으로 자신을 바라보고 있는 태무선에게서 묘한 불안함을 느낀 문표는 태무선에게로 다가가며 내공을 끌어올렸다.

"네놈은 뭐냐."

"태무선."

"하? 네 이름 따위는 관심 없다! 네놈은 누군데 도망가지도 않고 이곳에 남아 있는 거냐 묻는 거다."

"그냥… 도망치는 것엔 익숙하지 않아서."

"미친놈이군."

문표가 손짓하자 창악문의 무인들이 태무선을 에워쌌고, 그들은 투기와 함께 살기를 내뿜었다.

태무선은 자신을 죽이려드는 창악문의 무인들이 내뿜는 익숙한 투기와 살기에 왜인지 웃음이 나왔다.

"마치 고향에 온 기분이네."

차원이 다른 강함

"이, 이게 뭐냐……."

문표는 이를 딱딱 부딪쳤다. 이게 도대체 어떻게 된 일인 걸까.

처음 시작은 창악문의 무인들이 태무선에게로 일제히 검을 날리는 것으로 시작되었다.

살의를 담은 칼날은 정확히 태무선을 위아래로 꿰뚫을 것으로 보였다.

하지만 태무선이 양손을 들어 올리는 순간, 창악문의 무인들이 일제히 바닥에 처박혔다.

"저놈은 한명이야!"

창악문 무인들은 태무선을 향해 달려들었고, 태무선은 다가오는 창악문의 무인들을 향해 손을 뻗었다.

까앙—!

"엇?"

자신의 검이 박살나는 것을 지켜보던 흑의인의 시선에 점점 커져가는 주먹이 보였다.

퍼억!

수박 깨지는 소리와 함께 흑의인이 머리가 박살났다.

뒤이어 태무선은 자신을 향해 날아드는 검을 손바닥으로 내리쳤고, 거력의 힘을 이기지 못한 흑의인이 신형이 앞으로 쏠리자 그의 뒷목을 왼발로 밟아 눌렀다.

쾅!

흑의인의 머리가 지면에 처박히며 박살났다.

"말도 안 돼!"

문표는 지금 벌어지고 있는 상황들이 이해가 되질 않았다.

지금껏 수많은 강자들을 만나봤지만, 이건 그야말로 다른 차원의 강함이었다.

자신을 태무선이라 밝힌 사내는 방어도 회피도 하지 않았다. 자신에게 날아드는 칼날을 주먹과 손등 그리고 발과 다리를 이용해 박살냈다.

검을 잃은 무인들은 당황할 틈도 없이 목숨을 잃어야 했다.

"흡!"

태무선은 달려드는 다섯 명의 흑의인을 향해 짧은 권격을 날렸다.

온몸의 힘을 하나의 점으로 끌어 모아 펼치는 투신의 발경이었다.

콰가가강—!

동작은 짧았으나 위력은 대단했다.

태무선에게 달려들던 다섯 명의 무인들이 북 터지는 소리와 함께 날아갔고, 그들은 이곳저곳에 처박히며 더 이상 고개를 들지 못했다.

순식간에 창악문의 무인들을 쓰러뜨린 태무선은 도망치려는 듯 신형을 돌리는 문표를 향해 몸을 날렸다.

콰앙—!

뒤에서 들려오는 폭음성에 놀란 문표가 뒤를 돌아보자 거대한 손길이 그를 덮쳐왔다.

'젠자앙!'

저항은 불가능했다. 태무선에게 붙잡힌 머리는 단숨에 지면으로 곤두박질쳤고, 그의 몸이 지면에 닿아 튕겨지는 순간 태무선의 오른발이 검을 쥐고 있는 문표의 오른쪽 어깨를 짓밟았다.

"끄아아아악!"

고통에 찬 비명을 내지르던 문표가 핏기어린 시선으로 태무선을 노려보았다.

"네, 네놈은 대체… 누구냐!"

"말했잖아. 태무선이라고."

"이… 개……."

문표의 어깨를 박살낸 태무선은 무릎을 굽혀 문표를 향해 내려다보며 말했다.

"창악문이라. 너희는 이곳에 왜 나타난 거지?"

"쿨럭!"

피를 토해내던 문표는 태무선을 죽일 듯이 노려보며 말했다.

"네놈도 금씨세가의 사주를 받은 놈일 테지… 보아하니 그놈들에게 이용당한 것 같은데 이미 늦었다. 그놈들의 세가에는 문주님이 계시니까!"

"금씨세가는 어디 있는데?"

"내가 네놈에게 그걸 왜 알려줘야 하지?"

"안 알려줄 거야?"

"물론이다!"

문표가 당연하다는 듯 대답하자 태무선이 미련 없이 발을 들어 문표의 머리를 겨눴다.

죽음을 목전에 둔 문표의 두 눈이 빠르게 흔들렸다.

'이 놈은 날 죽일 생각이야!'

죽을 때가 되자 문표의 머리가 빠르게 회전했다.

"나, 나를 살려주면 금씨세가로 가는 길을 알려주지!"

쿵—

간발의 차이로 문표의 머리가 아닌 그의 귀 옆에 발을 내리찍은 태무선이 인상을 살짝 찡그린 채로 말했다.

"하마터면 죽일 뻔 했네."

무덤덤한 태무선의 말에 문표는 공포로 인해 머리가 삐죽 서는 듯 했다.

"그래, 어디로 가야 해?"

"……나를 데려가라. 말로 설명해봤자 헷갈리게 뻔하니까."

태무선은 문표를 일으켜 세운 뒤 담담한 목소리로 말했다.

"안내해."

＊　＊　＊

"크윽… 비열한 녀석!"

금호랑은 중년여인의 목을 움켜쥔 채 나타난 검은 장포의 남자를 바라봤다.

그의 이름은 모중혁, 창악문의 문주였다.

그는 금호랑이 방어책을 구축하고 소려가 세가의 사람들을 찾는 와중에 나타났다. 그것도 금호랑의 아내인 장미려의 목을 한손에 쥔 채로.

"이거 누군가 했더니 세가를 버리고 꼬리에 불붙은 개 마냥 도망친 금호랑이로군."

"모중혁! 네놈이 감히……!"

"감히라는 말은 너 따위가 할 수 있는 말이 아니지."

"하윽……!"

모중혁이 손아귀에 힘을 주자 장미려의 몸이 파르르 떨

렸다. 그녀가 고통에 발버둥치자 금호랑은 자신의 가슴이 찢어지는 것만 같았다.

"어머니!"

소백과 함께 뒤늦게 나타난 소려가 자신의 어머니인 장미려와 그녀를 손에 쥔 모중혁을 향해 검을 치켜들었다.

"금호랑의 외동딸 금소려… 네 어미와 재회한 소감이 어떠냐."

"모중혁… 당장 어머니를 놔줘!"

"내가 왜 그래야 하지?"

"모중혁! 한 세가의 가주와 문파의 문주로서 정정당당히 단 둘이 결착을 짓자!"

"호오, 네가?"

금호랑이 앞으로 나서며 기세를 끌어올리자 모중혁이 손에 들고 있던 장미려를 내려놓으며 어이가 없다는 듯 호방하게 웃어 제꼈다.

"변방의 작은 세가를 이끄는 가주 따위가……."

곧이어 모중혁의 몸에서 어마어마한 기세가 피어올랐다. 모중혁은 자주 빛으로 빛나는 안광으로 금호랑을 마주봤다.

"너 따위가 나를 이길 수 있을 거라 생각하느냐? 뭐, 좋다. 금씨세가의 가주를 모두가 보는 앞에서 쳐 죽이는 것도 재미있겠구나."

금호랑은 자주 빛의 빛을 내기 시작한 모중혁의 양손을 바라봤다.

칼날처럼 날카로운 모중혁의 손톱은 자주 빛을 넘어 검은색으로 물들어갔다.

'독각수(毒刻手) 모중혁!'

독각수라 불리는 모중혁은 독수의 귀재였다.

사독으로 단련된 그의 손과 손톱은 닿는 것만으로도 극독에 중독된다고 알려져 있었으니 금호랑은 심호흡을 내뱉으며 모중혁을 향해 걸어갔다.

"내게 덤벼보겠느냐. 금호랑."

"널 죽일 생각이다."

"세가를 빼앗기고, 아내를 빼앗기고, 모든 것을 빼앗겼던 주제에… 네가 뭐라도 되는 줄 아는구나."

"이놈!"

금호랑이 몸을 날렸다. 그의 검이 춤을 추듯 수십 갈래의 검격을 날렸고, 그의 검격에서 내뿜어진 검기다발이 모중혁을 덮쳤다.

콰가강―!

하지만 모중혁은 단한 번의 손짓으로 금호랑의 검기를 막아냈다.

소맷자락으로 휘저으며 비릿한 미소를 지은 모중혁은 자신의 아래에서 떨고 있는 장미려를 향해 싸늘하게 말했다.

"보아라. 네 남편이 내 손에 죽는 모습을!"

모중혁이 금호랑을 향해 쇄도했다.

이미 자신의 공격이 무위로 돌아갈 것을 예상하고 있던 금호랑은 다가오는 모중혁을 향해 검을 휘둘러벴다.

그러나 금호랑이 날리는 검기를 마치 뱀이라도 된 것 마냥 신묘한 신법으로 피해낸 모중혁은 금호랑에게 바짝 다가섰다.

"금씨세가의 가주는 고작 이것밖엔 안 되는구나."

"흐압!"

　금호랑이 검을 치켜들고 거력의 힘을 내뿜었다.

　수많은 변초로 상대를 현혹시킨 후 거력의 내공을 담아 단숨에 상대를 제압하는 특성을 지닌 금씨세가의 검법이 모중혁을 덮쳤다.

　쿠우웅—!!

　지면이 흔들림과 함께 모중혁이 서 있던 자리가 움푹 패였다. 그러나 모중혁의 모습이 보이질 않자 금호랑이 눈을 부릅떴다.

"나를 찾느냐."

　스윽—!

　모중혁의 독수가 금호랑의 허벅지를 훑고 지나갔다.

"크흑!"

　마치 날카로운 칼날에 베인 것 마냥 금호랑의 허벅지에 다섯줄의 붉은 줄이 그어졌다.

　하지만 그걸로 끝이 아니었다.

　모중혁에게 당한 상처는 자주 빛으로 물들기 시작하며 수포가 생겨났다.

'감각이 없다……!'

　금호랑은 모중혁의 독수에 당한 다리에 감각이 없어지고

있음을 깨달았다.

이를 악물며 독에 대한 고통을 참아낸 금호랑이 검을 고쳐 쥐며 모중혁을 노려보았다.

"아직도 모르는 게냐."

"모중혁……."

"넌 날 이길 수 없다. 어리석은 놈!"

모중혁이 양손을 펼치자 그의 손가락마다 기다란 자줏빛의 기운이 그물처럼 뻗어 나와 금호랑을 덮쳐왔다.

"하아압!"

온 내공을 끌어올려 모중혁의 공격을 막아낸 금호랑은 몸을 비틀거렸다.

모중혁에게 당한 다리가 더 이상 움직여지질 않아 몸의 균형을 잡기가 힘들었다.

"독수난림!"

금호랑에게 시간을 줄 생각이 없었던 모중혁은 몸을 날려 금호랑의 위로 날아올라 독수를 내밀었다.

모중혁의 양손이 금호랑의 어깨와 복부 그리고 옆구리와 왼팔을 할퀴었다.

순식간에 온몸 여기저기에 상처를 입은 금호랑이 숨을 헐떡이며 뒤로 물러섰다.

"허업!"

온몸에 독이 퍼지기 시작하자 금호랑의 거대한 신형이 무너지기 시작했다. 이를 지켜보던 금소려가 참지 못하고 몸을 날렸다.

그러자 모중혁이 재미있다는 듯 혓바닥으로 입술을 핥았다.

"이번엔 딸년이 나서는구나. 좋다. 네 애비와 함께 사이좋게 저승으로 보내주마."

"소려야⋯⋯."

"아무 말도 하지 마세요."

금소려는 모중혁을 노려보며 심호흡했다.

이길 수 없음은 누구보다 자신이 잘 알고 있었다. 그럼에도 가만히 있을 순 없었다. 이대로 가다간 모중혁의 손에 의해 금호랑이 죽는 것은 시간문제였기 때문이었다.

"그래 한 번 부녀끼리 발악해 보거라!"

모중혁이 독수를 활짝 펼치고 금소려를 향해 날아들었다.

그와 소려의 신형이 단 한걸음 거리로 좁혀지는 순간, 소백이 그들의 사이에 끼어들었다.

"스승님 명령 없이 힘을 쓰면 안 되는데⋯ 이건 이해해 주시겠지?"

소백이 허리춤에 꽂아두었던 검을 뽑아냈다.

이윽고, 소백의 검에서 검푸른 색의 불꽃이 솟구쳤다.

"큭!"

뒤로 물러선 모중혁은 자신의 손등에 새겨진 검상을 살펴보았다.

'내 호신강기를 뚫어냈다는 건가⋯? 저 꼬맹이가?'

모중혁은 이해할 수 없다는 눈길로 소백을 노려보았다.

아직, 약관은커녕 나이도 어려 보이는 애송이가 자신의 호신강기를 뚫어낸 걸로도 모자라 자신을 뒤로 밀어냈기 때문이었다.

게다가 소백의 검신에 감도는 선명한 검푸른 검기.

'보통의 기운이 아니다… 어떻게 저 나이에 저런 경지에 다다를 수 있는 거지?'

모중혁은 소백에게서 심상치 않은 기운을 느끼고는 아껴두었던 내공을 끌어올렸다.

'쉽게 볼 녀석이 아니다.'

나름대로 강호에 대한 잔뼈가 굵어진 모중혁이었다. 상대가 어리다하여 방심하지 않고 전력을 다하기로 마음먹었다.

"애송아 넌 누구냐."

"소백."

"어른을 상대로 건방지구나. 네 스승은 누구냐."

"태무선."

"하……!"

둘 다 처음 들어보는 이름이었다.

모중혁은 눈매를 가늘게 좁히며 소백을 노려보았다.

'저 정도의 검기를 유지하기 위해서는 내공의 소모가 상당하겠지. 어리석은 녀석.'

짧은 시간이었지만, 소백이 경험이 부족하다는 것을 깨달은 모중혁은 일부러 시간을 끌었다.

"네놈의 무공을 보아하니 정파의 무인은 아닌 듯한데…

어째서 금씨세가를 돕는 것이냐."

"돈을 받았거든."

"낭인이라도 된단 말이냐?"

"아니, 경비가 필요해."

"그래?"

모중혁이 품속에서 돈주머니를 꺼내들며 말했다.

"이 주머니엔 금자들이 가득 들어 있다. 네가 내게 협조한다면 이 주머니를 통째로 건네주마. 아마 금호랑놈이 네게 약속한 돈보다 많을 게다."

"음……."

의외로 소백은 모중혁의 제안에 망설였다. 만약 모중혁이 내민 주머니가 정말로 금자로 가득 차 있다면 금호랑에게 받기로 한 금액보다 높았기 때문이었다.

'저걸 받는 게 나으려나.'

어차피 금씨세가에 대한 애정 따위는 애초에 없었다.

소백은 정말로 돈으로 움직이고 있었으니, 금씨세가와 모중혁 사이에서 저울질을 시작했다.

그러나 소백은 고개를 가로저어야 했다.

"스승님이라면 안 받았겠지."

"결국 나와… 사악교와 싸우겠다는 뜻이냐."

"알게 뭐야."

소백이 몸을 날려 모중혁을 향해 검을 휘둘렀다.

검신을 타로 날아드는 검푸른 빛의 검기를 보며 모중혁이 눈매를 가늘게 좁혀 뜨며 입을 꾹 다물었다.

'역시 보통의 기운이 아니야!'

지금껏 많은 검법을 상대했지만, 소백이란 꼬마가 갖고 있는 기운은 처음이었다.

"하압!"

소매를 휘두르며 소백의 검기를 막아낸 모중혁은 몸을 좌우로 흔들었다.

소백은 자신의 앞에 서 있던 모중혁의 신형이 두 개로 나뉘어지는 것을 보며 검을 쥔 손에 힘을 주었다.

"이럴 때에는… 하압!"

몸을 허공으로 뛰어 올린 소백이 몸을 회전시키며 검을 휘둘러 벴다.

천마검법의 네 번째 초식, 천검만린을 펼친 것이다.

검을 원의 모양으로 휘두르며 검기를 흩뿌리는 광역을 대상으로 하는 검법.

모중혁은 자신에게 날아드는 원형의 검기를 피해내며 미소를 지었다.

'역시 경험은 별로 없군!'

모중혁은 동작이 큰 검법을 구사하는 소백의 품속으로 빠르게 파고들어 오른손을 찔러 넣었다.

큰 타격은 필요 없었다. 그저 스치기만 해도 모중혁의 승리…….

"음!?"

모중혁은 자신의 손이 소백의 옆구리를 빗겨가는 것을 보며 얼굴을 굳혔다.

"느려!"

몸을 회전시키던 소백의 검이 모중혁의 목을 베었다. 그러나 모중혁은 기괴한 동작으로 목을 수그리며 소백의 검격을 피한 후, 그의 손목을 자신의 왼손으로 훑었다.

"동작이 빠르고 매섭다지만, 동작이 크구나!"

모중혁은 회심의 미소를 지었다.

"어쩌라고!"

소백이 검을 수평으로 세워 모중혁의 가슴에 찔러 넣었다. 하지만 모중혁은 양손으로 소백의 검신을 붙잡았다.

"네놈은 이미 나의 독에 중독되었다! 얼마 안 가… 어!?"

모중혁은 찬란한 빛을 내는 소백의 검신을 발견하고는 황급히 몸을 뒤로 날렸다. 하지만 그보다 먼저 소백의 검에서 검푸른 빛이 번쩍였다.

콰앙—!

"후우!"

소백은 기의 폭발에 당해 날아가는 모중혁을 바라보며 숨을 몰아쉬었다.

천마폭검을 알아차리지 못한 모중혁이 겁 없이 검신을 잡아주는 덕에 공격에 성공할 수 있었다.

"젠장."

왼손이 푸르게 변해가는 것을 발견한 소백을 향해 소려가 달려와 자신의 옷을 찢어 소백의 팔을 묶어주었다.

"독이 퍼지는 것을 어느 정도 막아줄 거야. 하지만……"

"그 정도면 충분해요."

소백은 서서히 몸을 일으키는 모중혁을 노려보며 내력을 끌어올렸다.

"이 개같은 새끼가… 감히!"

분노에 찬 목소리로 몸을 일으킨 모중혁은 천마폭검에 의해 얼굴의 절반이 피투성이로 변해있었다.

"네놈은 결코 곱게 죽지 않을 것이다!"

몸을 튕기며 장미려에게로 달려간 모중혁은 장미려의 목을 움켜쥐고 소백을 노려봤다.

"검을 버려라!"

참으로 황당한 명령이 아닐 수 없었다. 그러나 소백은 선불리 나서지 못했다. 모중혁의 손에 붙잡힌 장미려가 금방이라도 숨이 끊어질 듯 숨을 헐떡이기 시작한 것이다.

"소백……."

그때 소려가 떨리는 목소리로 소백을 불렀다. 그녀의 목소리에 고개를 돌린 소백은 울먹이는 소려를 발견했다.

"검을 버리면… 네가 질 거야."

"……그럼 어떻게 합니까."

"이겨줘."

검을 버려봤자 소백은 모중혁을 이길 수 없었다.

그의 패배는 곧 모두의 죽음을 의미했으니 소려는 눈물을 머금은 채 어머니인 장미려를 바라봤다.

'죄송해요… 어머니…….'

소려가 장미려의 목숨을 포기하기로 마음먹은 것을 깨달

은 모중혁의 시선이 이번엔 소백에게로 향했다. 모든 건 소백의 결정에 달려 있었기 때문이었다.

"……어쩌지."

이곳에 스승인 태무선이 있었다면 그는 어떻게 행동했을까.

'애초에 스승님은 검이 없구나.'

이래서 검을 들고 다니지 않는 걸까.

소백은 태무선이 검이 없기에 약점이 없는 거라 생각하며 자신이 들고 있던 검을 모중혁에게로 내던졌다.

"자."

검사가 검을 버리자 모중혁이 비릿하게 웃으며 소백이 내던진 천마신검을 집어 들었다.

"참으로 훌륭한 검이로군……."

"약속 지켜."

"그래. 약속은 지켜야지!"

모중혁이 손에 들고 있던 장미려를 소려를 향해 내던지며 소백을 향해 몸을 날렸다.

엄청난 속도로 소백에게로 다가온 모중혁은 금호랑에게 했던 것처럼 소백을 향해 독수난림을 펼쳤다.

수십 갈래로 펼쳐진 모중혁의 독수가 소백을 덮쳤고, 소백의 몸 여기저기에서 피가 튀어 올랐다.

"네놈의 유약함이 모두를 죽이는 게다!"

"크윽!"

온몸에 독이 퍼지기 시작한 소백이 한쪽 무릎을 꿇자 이를 지켜보던 모중혁이 비열하게 웃으며 소리쳤다.

"네놈을 죽인 후 금소려란 계집을 죽일 거다. 그리고 금씨세가의 모두를 죽여주지!"

뒤늦게 안채에서 들려오는 소란성을 듣고 금씨세가의 무인들이 돌아왔으나, 모중혁의 독수는 한쪽 무릎을 꿇은 소백에게로 뻗어지고 있었다.

'죄송해요, 스승님…….'

소백은 검을 버린 자신을 탓하며 다가오는 죽음을 맞이할 준비를 했다.

"문주님!"

등 뒤에서 들려오는 익숙한 목소리에 모중혁이 동작을 멈추고 뒤를 돌아보았다.

그곳엔 한쪽 팔이 완전히 뭉개진 문표가 망신창이가 된 몸으로 모중혁을 향해 소리쳤다.

"도와주십시오, 문주님!"

"문표? 네놈의 꼴이 그게 뭐냐."

"그것이… 꽥!"

문표는 줄 끊어진 연처럼 날아가 바닥에 처박혔고, 그의 자리는 한 사내가 대신하여 섰다.

"네놈은?"

"졌냐?"

태무선의 물음에 한쪽 무릎을 꿇고 있던 소백이 고개를 끄덕이며 울먹거렸다. 치열한 전장의 흔적을 둘러보던 태무선은 모중혁이 한 손에 들고 있는 천마신검을 발견했다.

"검을 빼앗겨서?"

소백이 재차 고개를 끄덕이자 태무선이 한숨을 내쉬었다.

"죽는 순간까지도 검을 놓지 말라고 했더니, 기어코 놔 버렸구나."

소백은 온몸에 퍼지는 독 때문에 대답조차 하지 못하고 고개를 떨구었고, 소백을 바라보던 태무선은 천마신검을 왼손에 든 채로 서 있는 모중혁을 마주봤다.

"검 내놔."

태무선의 요구에 모중혁이 크게 광소하며 들고 있던 검으로 소백의 목을 겨누었다.

"이 검을 말이냐? 보아하니 네가 이 꼬맹이의 스승인 것 같은데… 안타깝게 되었구나. 재능 있는 아이였거늘. 못난 스승을 만나 죽음을 목전에 두고 있으니."

"검."

"네 제자는 나의 독수에 당해 곧 기도가 부풀어 올라 숨이 막혀 죽을⋯⋯."

모중혁은 말을 끝마치지 못했다.

어느새 자신의 앞에 나타난 태무선이 주먹을 휘둘렀기 때문이었다.

꽈앙—!

"크으학!"

피를 토하며 날아가는 모중혁을 뒤로한 채로 태무선은 모중혁에게서 빼앗은 천마신검을 소백의 옆에 놓아두며 말했다.

"검 내놓으라니까 무슨 말이 이렇게 많아."

어떻게 된 거지? 도대체…….

모중혁은 간신히 고개를 들어 올리며 상황파악을 위해 방금 일어난 일들을 곱씹어봤다.

하지만 아무리 생각해봐도 이해가 되질 않았다. 태무선이 움직인다고 생각하는 순간, 자신의 앞에 주먹이 나타난 것이다.

'보통 녀석은 아닐 거라 생각했는데… 이정도일 줄이야!'

모중혁은 숨을 헐떡이며 정신을 차렸다.

'일단 이곳에서 벗어난다. 그리고 난 뒤에 본교에 소식을 알려야 해!'

사악교에 태무선과 소백에 대한 소식을 알리기로 마음먹은 모중혁이 고개를 돌렸다. 그리고 그곳엔 태무선이 서 있었다.

"독을 쓴다고?"

"네, 네놈…….."

다가온다는 기척조차 느끼지 못했다.

모중혁은 뒷걸음질을 쳤고, 태무선은 그보다 빠르게 모중혁의 앞으로 다가왔다.

"해독약은?"

태무선의 물음에 모중혁은 머뭇거리다가 품속에 손을 넣으며 눈을 빛냈다.

"당연히 해독약을 갖고 있지… 나를 보내준다고 약속해

라. 그러지 않으면 내 독에 중독된 네 제자와 금씨세가 놈들은 죽음을 피하지 못할 것이다!"

"해독약이나 보여줘."

품속을 뒤져 해독약이 들어 있는 작은 병을 꺼내든 모종혁이 이를 보여주며 경고했다.

"나를 보내준다고 약조해라! 안 그러면 하나밖에 없는 이 해독약을 깨버릴 테니까!"

콰드득—!

"끄아악!"

모종혁은 오른손에서 느껴지는 엄청난 고통에 비명을 질렀고, 태무선은 그의 손을 떠난 해독약을 손에 쥐었다.

"고맙다."

"이, 이 개자식이!"

오른손이 박살난 모종혁은 왼손으로 태무선의 옆구리를 찔렀고, 자신의 손에서 분명한 느낌을 받는 순간 모종혁은 환희에 찬 미소를 지었다.

"나의 독수는 스치는 것만으로도 극독에 중독된다! 네놈은 나의 독수에 중독……."

투두둑—!

모종혁은 자신의 왼손에서 떨어져 내리는 자신의 손톱들을 바라봤다.

내공을 주입한 손톱은 칼날처럼 날카롭고 단단했다. 그러나 태무선의 몸에 닿는 순간, 그의 손톱들은 사정없이 으깨지고 말았다.

"설마… 금강불괴란…….."

"너 사악교라고 했던가?"

이런 상황에서도 감정의 동요 없이 담담한 태무선의 물음에 모종혁은 저도 모르게 고개를 끄덕였다.

"잠깐 기다려."

태무선의 오른발이 모종혁의 두 무릎을 걸어찼다.

빠각—!

뼈가 부러지는 기괴한 소리와 함께 모종혁이 거친 신음성과 함께 제자리에 주저앉았다.

모종혁의 두 다리를 으스러뜨린 태무선은 제일먼저 소백에게 다가가 그에게 해독약을 먹인 후 금호랑과 함께 있는 소려에게 해독약을 던져주었다.

"먹여."

"아, 네… 네!"

소려는 황급히 독에 중독되어 죽어가는 금호랑의 입을 벌려 해독약을 털어 넣었다.

금호랑과 소백에게 해독약을 먹여준 태무선은 자리에서 일어나 모종혁을 향해 다가갔고, 태무선을 마치 저승사자마냥 바라보던 모종혁은 몸을 부르르 떨었다.

"잠깐… 잠깐만 기다리거라!"

"정사대전."

"뭐?"

"정사대전에 대해 아는 걸 전부 말해."

* * *

"미안해요!"

금소려는 태무선을 향해 직각으로 몸을 숙이며 사죄했다. 어찌되었든 그녀와 금호랑이 세가를 되찾기 위해 태무선을 미끼로 이용한 것은 사실이었기 때문이었다.

그런데 누가 알았겠는가.

태무선이 창악문의 문주인 독각수 모중혁을 손쉽게 이길 수 있을 정도의 고수라는 사실을.

"괜찮으니 약속했던 경비나 주시오."

"아, 예!"

소려는 준비해뒀던 주머니를 태무선에게 내밀었고, 태무선은 자신의 생각보다 묵직한 주머니를 보며 의아한 표정을 지었다.

그러자 소려가 급히 말했다.

"원래 드리기로 했던 것보다 좀 더 챙겨드렸습니다. 게다가… 대협 말고는 드릴 분도 없어서…….."

용병으로 쓰였던 낭인과 무인들은 모조리 도망쳤다. 덕분에 태무선은 그들의 몫까지 손에 넣을 수 있게 된 것이다. 하지만 돈 주머니를 가만히 내려다보던 태무선은 그 안에 손을 넣어 은관 몇 개를 꺼낸 후 주머니를 도로 소려에게 돌려주었다.

"난 이것만 있으면 되니 나머지는 갖고 가시오."

"괜찮습니다! 이건 약조된……."

"장원을 버려야 할 테니 새로운 부지를 알아봐야 할 테고, 건물도 새로 지어야 하니 큰돈이 필요할거 아니오? 난 큰돈은 필요 없소."

딱히 물욕이 없는데다가 번거롭다는 이유로 검조차 들지 않는 태무선이 묵직한 돈주머니를 품에 넣고 다닐 리 없었다. 최소한의 경비로 은관 두 개를 챙긴 태무선은 온몸을 잠식했던 독에 의한 후유증으로 제대로 걷지 못하는 소백을 등에 업은 채 말했다.

"그럼 이만."

태무선은 짧은 인사와 함께 몸을 돌렸고, 소려는 멀어져 가는 태무선을 향해 손을 흔들며 속삭이듯 중얼거렸다.

"고마…워요."

금씨세가를 벗어난 태무선은 가까운 마을에 들려 한 마리의 말이 이끄는 아주 작은 마차를 구했다. 은관 두 개를 챙긴 덕에 경비는 넉넉했다.

태무선은 지리를 잘 알고 있는 마부를 고용한 뒤 싸게 얻은 지도로 마부에게 목적지를 설명해주었다.

마부는 지도상으로는 아무것도 존재하지 않는 곳을 가리키는 태무선의 의도가 의아하긴 했지만, 굳이 캐묻지 않고 마차를 이끌었다.

태무선이 향하는 곳은 과거, 비역만이 있던 곳이었다.

지금 마교를 찾을 수 있는 유일한 방법은 비역만의 만주를 만나려는 것이었다.

"몸은 괜찮냐."

"죄송합니다……."

"됐다. 대신 다음부터는 절대로 검을 놓지 마. 네가 무엇을 포기하게 되든, 네가 검을 놓는다는 것은 모든 것을 포기하겠다는 의미니까."

"알겠습니다."

체력이 급격하게 떨어진 소백은 금세 잠에 들었고, 태무선은 다그닥거리며 출발하는 마차의 안에서 사색에 잠겼다.

'정사대전이라고?'

'그래, 정사대전에 대해 아는 건 전부 털어놔.'

모종혁은 살 수 있을지도 모른다는 일말의 희망을 가지고 자신이 알고 있는 정사대전의 모든 내용을 털어놓았다.

정사대전의 내용은 소려가 말해주었던 그 말 그대로였다.

검신은 나타나지 않았으며, 모든 것을 쏟아 부운 무림맹과 사악교의 전쟁에서 사악교가 승리했다.

다만, 사악교가 어떻게 무림맹을 이겼는지는 모종혁도 알지 못했다.

그나마 알 수 있었던 것은 무림맹이 압도적으로 패배하여 맹주인 구황천을 필두로 전쟁에 나섰던 전력의 절반도 안 되는 수만이 전장에서 도망칠 수 있었다.

정사대전에서 승리한 사악교는 곧바로 무림맹이 장악하고 있던 중원을 집어 삼켰다.

'정사대전이 마교에 영향을 끼친 건가.'

　생각을 하던 태무선은 눈을 감고 벽에 머리를 기댔다.

"에이. 모르겠다."

　복잡한 생각을 더 이상 하고 싶지 않았던 태무선은 눈을 감은 채 잠을 청했다.

정상을 향하여

땅거미가 내려앉은 야심한 밤.

여러 개의 신형이 빠른 속도로 움직였다.

"숨어!"

빠르게 달려가던 다섯 명의 남녀가 버려진 오두막에 모습을 감췄다.

곧이어 아무것도 없는 허공 속에서 열 개의 신형이 나타나 바닥에 내려앉았다.

머리부터 발끝까지 그림자처럼 어두운 흑의와 복면을 쓴 흑의인들은 대화 없이 서로를 바라봤다.

흑의인들은 버려진 오두막을 향해 신형을 돌렸고, 그들

의 허리춤에서 검게 칠한 검신으로 만들어진 반검(半劍)을 뽑아냈다.

스스슥—

열 명의 흑의인은 발걸음소리조차 내지 않고 오두막을 향해 연기처럼 다가섰다.

"하압!"

쾅—!

닫혀 있던 오두막의 정문이 터지듯 열렸고, 놀란 흑의인들이 뒤로 물러섰다.

피어오른 모래먼지 사이로 은색 빛 무리가 뿜어져 나왔다.

까가강—!

수차례의 쇳소리가 울려 퍼지고, 피가 튀어 오르며 두 명의 흑의인이 바닥에 쓰러졌다.

"시간이 없어 최대한 빠르게 처리하고 움직여야 해."

"나도 알고 있어."

긴 머리를 휘날리며 나타난 여인과 거친 인상의 남자가 동시에 튀어나오며 흑의인들을 향해 달려들었다.

흑의인들은 양쪽으로 뻗어나가는 여인과 남자를 향해 각각 두 명씩 달려들었다.

그리고 나머지 네 명의 흑의인이 아직 드러나지 않은 오두막의 안쪽을 응시했다.

"쯧! 벌써 몇 번째인데 아직도 무서운 거냐?"

"시, 실전은 처음이란 말이야!"

"거기서 구경이나 하고 있어."

오두막 속에서 적갈색의 머리색을 한 사내가 모습을 드러냈다. 그는 흥미로운 시선으로 흑의인들을 바라보며 이죽거렸다.

"자, 얼른 덤벼봐. 안 그래도 비림의 살수들과는 정말로 싸워보고 싶었거든."

흑의인들은 아무 말도 안하다가 서로를 응시했다.

이윽고 흑의인들이 모습을 감췄다. 연기처럼 사라지는 비림의 살수들은 어두운 밤에는 더욱 위험했다.

태양이 세상을 밝히는 대낮에도 자신을 그림자 속에 감출 수 있는 비림의 살수들에게 밤이란 그들의 세계라 해도 과언이 아니었기 때문이었다.

"역시……!"

연기처럼 사라지는 비림의 살수들을 응시하던 사내는 흥분된 목소리로 검을 치켜들었다.

"이게 비림의 살수들인가!"

사내가 몸을 벌벌 떨었고, 그의 목소리는 겁에 질린 듯 파르르 떨렸다.

어둠속에서 비림의 살수가 나타나 사내의 목덜미를 향해 검을 찔러 넣었고, 살수의 검은 정확히 사내의 목을 꿰뚫으려 나아갔다.

"정말로……."

사내가 검을 비틀어 치켜들며 살수의 검을 막아냈다.

"별거 아니잖아?"

어둠속에서 나타난 살수를 보며 사내가 조소를 머금은 채 말했다.

"비림의 살수들이라고 하여 기대했는데 말이야."

공격에 실패한 살수가 어둠속으로 모습을 감추려하자 사내가 검을 찔렀고, 그의 검에서 솟구친 백색의 검기가 송곳처럼 뻗어나가 살수의 허벅지를 꿰뚫었다.

푸슥―!

허벅지를 꿰뚫린 살수가 은신하지 못하고 비틀거리자 어둠속에서 두 명의 살수가 나타나 양쪽에서 사내를 향해 검을 휘둘렀다.

"그래, 이래야지!"

사내가 검을 머리위로 빠르게 회전시키며 두 개의 검을 쳐낸 후 숨을 가다듬으며 내공을 끌어올렸다.

"흡!"

사내의 검이 빠르게 움직이며 두 개의 검기다발을 만들어 두 살수의 가슴을 꿰뚫었다.

그 속도가 매우 빠르고 날카로워 살수들은 미처 사내의 검기를 피하지 못한 채 절명했고, 사내는 이에 멈추지 않고 나아가 허벅지를 꿰뚫린 살수의 목을 밟아 짓밟았다.

"살려줄까?"

흑의인은 대답대신 검을 휘두르려했고, 사내는 안타깝다는 듯 짧게 혀를 찬 후 살수의 목을 베어 넘겼다.

"어디 잘 하고 있나?"

순식간에 세 명의 살수를 죽이는 데에 성공한 사내는 뒤를 돌아보았고, 그의 뒤에서는 네 명의 남녀가 나머지 살수들과 함께 사투를 벌이고 있었다.

"녀석들… 하루 종일 걸리는구만."

들고 있던 검을 빙글 돌리며 걸어간 사내는 살수들과 사투를 벌이고 있는 네 명의 남녀를 도와 비림의 살수들과 전투를 시작했다.

약 반시진에 걸친 사투.

여검사의 검격에 마지막 살수가 목숨을 잃는 순간, 비림의 살수들과 다섯 남녀의 싸움도 끝이 났다.

"하아… 하아……!"

처음으로 살인을 저지른 듯 검과 손에 피를 묻힌 젊은 여인은 몸을 바들바들 떨었다.

그러자 한 사내가 다가와 젊은 여인의 어깨를 툭 치며 말했다.

"익숙해져라. 이제 시작이니까."

"으, 응."

비림의 살수들을 내려다보며 그들을 살피던 또 다른 여인은 살수들의 옷으로 검에 묻은 피를 닦고 있던 사내를 향해 입을 열었다.

"붉은 끈 두개… 비림의 하급 살수들이야."

"추격조일 테지."

"여기 더 있으면 위험해. 일단 자리를 옮기자."

"좋은 생각이야."

검신을 닦은 후 일어선 사내는 코끝을 자극해오는 피 내음에 인상을 살짝 찡그린 후 말했다.

"움직이자. 추격조가 있다는 것은 후발대가 있다는 뜻이야. 자칫했다간… 백귀를 만날지도 모르니까. 어서 가자고."

다섯 명의 남녀는 재빨리 몸을 날려 전투현장을 빠져나갔다.

*　*　*

"목욕하고 싶어."

"징징대지마. 오늘은 이걸로 만족하라고."

물동이를 이용해 물을 뜬 능소유는 이를 이용해 피 묻은 손과 얼굴을 닦아냈다.

처음으로 해본 살인. 능소유는 여전히 자신의 손에 의해 죽은 살수의 마지막 눈빛이 눈앞에 아른거리는 듯 했다.

"휴우."

피를 닦아내는 능소유의 옆에서 제갈원준이 물동이에서 뜬 물로 목 언저리를 닦으며 무기를 점검하고 있는 장용성과 노진을 바라봤다.

"다친 곳은 어때?"

제갈원준의 물음에 오유하가 노진의 어깨부근에 생긴 상처에 붕대를 감아주며 대신 답했다.

"상처는 깊지 않아. 하지만 독이 있을지 모르니 일단 경과는 지켜봐야 해."

"나는 괜찮다."

"넌?"

제갈원준이 장용성을 두고 묻자 그는 메마른 시선으로 고개를 끄덕였다.

"괜찮다."

"다행이네 우리 말고 삼조(三組)에서는 두 명이 살수의 검에 죽었다는데 말이야."

두 명의 젊은 무인이 살수의 손에 목숨을 잃었다는 제갈원준의 말에 나머지 네 명의 얼굴이 어두워졌다.

한참동안 피를 닦아내던 능소유는 차가운 벽에 머리를 기대며 깊은 한숨을 내쉬었다.

"언제까지 이렇게 싸워야 할까……."

"사악교가 사라질 때까지."

장용성이 딱딱한 목소리로 답하자 능소유가 울상을 지었다.

"그럼 평생 싸워야 할지도 모른단 얘기잖아요."

"그것 말고는 뭐가 있겠어."

"그건 그렇지만……."

두 무릎을 끌어당겨 머리를 파묻은 능소유는 평화로웠던 과거를 떠올렸다.

삼년 전, 무림맹과 사악교의 정사대전이 벌어지기 전까지만 해도 능소유의 삶은 매우 평화로웠다.

각원제에서 보여준 백의각원들의 활약덕분에 무림맹에서 백의각의 무인들을 무시하는 이들은 아무도 없었다.

게다가 노진을 압도적인 힘으로 쓰러뜨린 제갈원준과 장용성과 대등한 대련을 펼친 오유하는 아주 어린 무인들에게는 동경의 대상이 된 것이다.

하지만 이러한 평화는 오래가지 않았다. 정사대전에서 무림맹이 패배한 것이다.

그 당시 전선의 맨 마지막에서 사악교와의 결전을 기다리던 능소유는 아직도 그때 당시의 공포를 잊을 수가 없다.

둥— 둥— 둥—!

귓가를 울리는 거대한 북소리.

전력을 다 한 무림맹의 무인들과 사악교의 무인들이 서로를 향해 힘껏 내달렸다.

경공이 뛰어난 무인들은 가장 먼저 서로를 향해 검을 날렸고, 뒤이어 무림맹의 무인들이 사악교의 무인들을 완전히 에워싸며 싸움을 벌이려는 순간이었다.

둥— 둥— 둥—!

북소리와 함께.

쫭—!

대지를 울리는 천둥소리가 울려 퍼졌다.

"하악!"

잠시 잠에 든 능소유는 아직도 잊지 못한 정사대전의 순간을 이따금씩 악몽으로 꿨다.

붉은 선혈이 난무하며 잘려나간 무인들의 팔과 다리가

사방에 휘날렸다. 피가 비처럼 쏟아지며 능소유의 머리위로 붉은 핏물이 쏟아졌다.

"하아아……."

악몽을 떨치지 못한 능소유가 몸을 숨기고 있던 동굴을 빠져나와 흘러가는 강물 근처로 걸어가 아직은 한기가 느껴지는 강물 속에 손과 얼굴을 담갔다.

"뭐하냐?"

"으악!"

옆에서 사내의 목소리에 놀란 능소유가 균형을 잃고 물속에 빠졌다.

그 모습을 한심하게 바라보던 장용성을 향해 능소유가 화난 듯 외쳤다.

"이, 인기척은 내고 다녀야죠!"

"네가 못 들은 거다."

"왜 나와 계신 거예요?"

"배는 채워야 하니까."

장용성의 손에 들린 두 마리의 토끼를 발견한 멋쩍은 얼굴로 강물에서 빠져나와 젖은 옷을 털어냈다.

"무뎌해져라. 네가 사악교의 무인들에게 검을 휘두르는 것을 망설이는 순간, 그들은 네 가슴에 검을 꽂아 넣을 테니까."

"저도 알아요……."

"그리고 함부로 나와 있지 마. 동굴은 제갈 녀석이 만들어놓은 간단한 진법 덕에 살수들의 눈을 속일 수 있다지만, 여긴 아니야."

"알겠어요."

장용성이 토끼 두 마리의 가죽을 벗겨낸 후 내장을 손질하고 가죽과 내장을 강물에 흘러 보냈다.

"들어가지."

자리에서 일어난 장용성이 동굴 속으로 들어가자 능소유는 어둑한 숲속을 둘러보다가 왜인지 모를 두려움에 몸서리치며 재빨리 장용성의 뒤를 따라 걸었다.

                    *   *   *

"죽은 지 한시진정도 되었습니다."

죽은 비림의 살수들을 살피던 흑의인의 곁으로 두 개의 쌍검을 등에 멘 남자가 걸어와 죽어 있는 열 명의 살수들을 살폈다.

제각기 다른 검법에 의해 목숨을 잃은 살수들을 말없이 바라보던 남자는 뒤를 돌아보았다.

"오셨군."

땅거미가 내려앉은 어둠속에서 밝게 빛나는 백석의 선이 기다랗게 그어졌다.

슥―

버려진 오두막 앞으로 한 여인이 모습을 드러냈다.

긴 백색의 머리는 대지에 내려앉는 하얀 용을 연상케 했고, 시리도록 차가운 표정을 지닌 눈처럼 하얀 얼굴과 감정을 느껴볼 수 없는 무심한 눈동자는 비림의 살수들을 향했다.

이름 난 화가가 혼을 바쳐 그려낸 듯한 이목구비를 갖춘 여인은 아름다운 외모와는 다르게 매우 낮고 차가운 목소리로 입을 열었다.

"흔적."

여인의 등장에 비림의 살수들이 일제히 한쪽 무릎을 꿇었다.

"죽은지는 한 시진 전. 최소 다섯 개의 검법이 사용되었습니다. 무림맹의 별동대가 확실합니다."

"추적은?"

"추적중이기는 하나 꽤나 노련한 자들입니다. 자신들의 흔적을 남기지 않거나, 어지럽게 흔적을 남겨놔 추적을 힘들게 만들어놨습니다. 게다가……."

여인이 대답대신 시선을 던지자 남자가 고개를 살짝 숙이며 말했다.

"진법에 능통한자가 있는 듯 추적로에 간단한 진법들이 만들어져있어 추적을 어렵게 하고 있습니다."

"나머지는 어떻게 됐지?"

"무림맹의 별동대는 전부 추적중입니다."

"계속 추적해."

"존명."

명을 받은 흑의인들이 어둠속으로 몸을 날렸다.

모든 수하들이 각자의 명령을 수행하기 위해 자리를 떠

나자 홀로 남겨진 여인은 앞을 반쯤 가리는 자신의 하얀
머리카락을 위로 쓸어 올리며 공허한 허공을 응시했다.

　어딘가 쓸쓸해 보이는 시선으로.

＊　＊　＊

　"도착했습니다."

　마부는 자신의 역할을 끝냈다.

　마차는 태무선이 설명해준 위치에 정확히 도착하였고,
태무선은 마차의 앞에 짙게 깔려 있는 안개를 지켜보며 원
하는 곳에 도착했음을 깨달았다.

　"수고했소. 마차는 가져가시오."

　"아이고 감사합니다."

　보수와는 별개로 작지만 말이 달려 있는 마차를 얻게 된
마부는 밝아진 얼굴로 안개지역을 벗어났다.

　"앞이 하나도 보이지 않네요."

　안개지역에 도착한 소백은 앞이 하나도 보이질 않자 저
도 모르게 태무선의 곁으로 바짝 붙었다.

　태무선은 소백과 함께 앞으로 걸어가다가 익숙한 얼굴의
노인을 발견했다.

　노인도 태무선을 알아보았는지 꽤나 놀란 표정을 지었
다.

　"자네는……."

　"오랜만입니다."

"살아 있었군."

"그러게요. 그나저나 만주는 안에 있습니까?"

비역만주의 행방을 묻는 태무선을 향해 노인이 씁쓸한 얼굴로 고개를 가로저었다.

비역만주가 없다는 소식에 태무선이 노인의 곁으로 다가가 물었다.

"비역만에 무슨 문제라도 생긴 겁니까?"

"어떻게 이곳을 알게 되었는지는 모르겠으나… 사악교에서 비역만의 위치를 알게 되었다네. 그들은 무간지각을 뚫고 비역만을 습격했지."

비역만이 사악교에 의해 습격을 당했다는 소식에 태무선은 짙은 안개 속을 꿰뚫어보듯 응시했다.

"만주는 어떻게 되었습니까?"

"비역만주는 현명하신 분이네. 사악교가 무간지각에 들어서자마자 곧바로 비역만의 사람들과 함께 자리를 떠나셨지."

"그리고 나서 비역만주가 어디로 갔는지는… 아무도 모르는군요."

"그런 셈일세. 이 늙은이는 만주가 어디로 갔는지 묻지도, 찾지도 않았네."

노인은 안개 속으로 던져둔 낚시대를 위아래로 천천히 흔들었다.

"살날이 얼마 남지 않은 내가 만주에겐 더 이상 도움이 되지 않을 테니 말이야. 게다가 난 무간지각의 안내자이자 문지기이니… 이곳이 내 못자리일세.”

“알겠습니다. 편히 쉬십시오.”

원하는 바를 얻지 못하고 돌아선 태무선의 곁으로 소백이 다가왔다.

“마부를 다시 불러올까요?”

마부는 마차를 이끌고 떠나버렸다.

마음만 먹으면 멀어진 마부를 뒤쫓는 건 일도 아니지만, 태무선은 쉽사리 발길이 떨어지지 않았다.

갈 곳이 없는 탓일까. 아니면 미련이 남았기 때문일까.

태무선은 고개를 돌려 짙은 안개로 가득한 무간지각을 바라봤다.

‘더 이상 숨겨야 할 것도… 지켜야 할 것도 없는데 무간지각은 여전히 이곳에 있다.’

진법은 꾸준한 관리를 해줘야만 제 위력을 발휘할 수 있다.

현재의 무간지각을 유지하는 짙은 안개는 여전히 매우 강력한 위력을 내뿜는 듯 했다.

태무선은 말없이 무간지각을 향해 걸었고, 안개 속으로 사라지는 태무선을 지켜보던 소백은 망설이다가 태무선을 따라 움직였다.

무간지각으로 들어가는 태무선을 말없이 바라보던 노인은 끌끌거리며 웃었다.

“만주님의 혜안에 감탄해야 할지… 아니면 저 사내의 혜

안에 직감에 감탄해야 할지 헷갈리는 군요, 끌끌끌……."

무간지각으로 들어온 태무선은 또다시 자신의 앞에 나타
나는 한 노인을 바라봤다.

"이번엔 당신인가."

처음 무간지각에 왔을 때에 태무선이 본 것은 그의 스승,
지강천이었다.

그 당시엔 지강천을 만났다는 사실만으로도 두려움보다
는 반가움이 앞섰다. 이루지 못한 소원을 무간지각의 환상
속에서라도 이룰 수 있었기 때문이었다.

그러나 지금은 기분이 사뭇 남달랐다.

"오랜만이구나."

지금 태무선의 앞에는 지강천 대신 구황목이 서 있었
다.

그 말은 태무선의 내면에선 지강천보다 구황목에 대한
두려움이 더 크게 느껴지고 있다는 뜻이었다.

"차라리 잘됐네."

태무선은 뒷목을 문지르며 오른쪽 어깨를 풀어주었다.

"안 그래도 언젠가 당신을 만나게 될 거라 생각했는데…
아직 죽었는지 살아 있는지는 모르겠지만, 그때처럼 쉽진
않을 겁니다."

"끌끌… 내게 그렇게 처참히 패배하고도 깨달은 바가 없
는 게냐."

구황목의 손에서 백색의 심검이 솟구쳤다.

그 무엇으로도 막을 수 없는 검신의 심검.

태무선은 내력을 순환시키며 투령무일체의 구성 내공을 끌어올렸다.

곧이어 태무선의 두 눈동자에 지금까지와는 비교도 할 수 없는 진한 광기가 흘러나왔다.

"그럼 다뤄보자."

환상속의 구황목과 태무선의 신형이 서로를 향해 빠르게 다가섰다.

한편, 무간지각에는 처음으로 오게 된 소백은 짙은 안개 탓에 앞이 하나도 보이질 않자 당황함을 감출 수 없었다.

"스승님!"

소백의 애절한 부름에도 태무선의 대답은 들려오지 않았다.

하릴없이 안개 속을 헤쳐 나가던 소백은 안개 속에서 언뜻 보이는 검은 신형에 얼굴을 밝혔다.

"스승님?"

검은 신형의 정체가 태무선이라 생각한 소백은 곧장 앞으로 달려갔다.

그러나 곧 들려오는 여인의 비명소리에 소백의 발걸음은 우뚝 멈추었다.

"제발… 제발 이러지 마세요!"

"닥쳐! 네년이… 네년이 날 이렇게 만들었으니까!!"

투박하면서도 거친 중년인의 고함성.

소백은 있을 수 없는 일이라 생각하면서도 몸이 벌벌 떨렸다.

"꺄악!"

짝— 짜악—!

수차례 들려오는 날카로운 비명과 채찍소리. 소백은 저도 모르게 뒷걸음질을 쳤다.

"흑… 흐윽… 백아는… 백아는 때리지 마세요!"

여인은 고통에 찬 신음성을 흘리면서도 백아라는 아이는 건드리지 말라며 애원했다.

그녀의 목소리를 들은 소백은 더 이상 물러서지 않고 허리춤에 메여 있는 천마신검에 손을 얹었다.

"……나는 더 이상 그때의 꼬마가 아니야."

몸의 떨림이 멈추었다. 대신 공포가 깃 들었던 소백의 두 눈동자엔 광기가 자리를 대신했다.

한때 마교를 이끌던 천마의 천마신공이 소백의 몸에서 발현되었다.

검푸른 색의 기운이 마치 거대한 장포처럼 펼쳐지며 소백의 몸을 감싸 안았고, 소백은 여인을 채찍질하는 사내를 향해 뚜벅뚜벅 걸어갔다.

"하하하! 너 같은 겁쟁이 새끼가 감히 나를 막을 수 있을 거라 생각한 거냐?"

돼지의 그것처럼 튀어나온 뱃살. 정돈되지 않은 짙은 수염. 죄책감이라고는 눈 씻고 찾아봐도 찾을 수 없는 악인의 눈빛.

소백은 거인과 같던 중년인이 지금은 초라하기 그지없는 짐승으로밖에 보이지 않았다.

손가락에 힘을 주면 죽어버리던 개미와 같은 존재감.

'겨우… 겨우 이 따위 녀석에게… 이 따위 녀석에게!'

중년인의 실체를 깨달아버린 소백의 광기는 더욱 짙어졌고, 그의 몸에선 더욱 거대한 기운이 휘몰아쳤다.

광기에 광기가 더해졌다. 폭주하듯 검푸른 불꽃이 소백의 천마신검을 타고 불타올랐다.

그의 검은 정확히 중년인을 향했고, 소백은 천마검법 중에서도 가장 강력한 검법인 천마멸천세를 펼쳤다.

"천마멸천세!"

검푸른색의 검기가 중년인을 향해 내려찍혔고, 거대한 검기가 무간지각의 안개를 두 동강내며 대지에 기다란 상흔을 새겨냈다.

콰가가강—!!

거대한 폭발과 함께 소백은 숨을 헐떡이며 인상을 찡그렸다.

애초에 천마멸천세는 소백의 수준에서는 펼칠 수 없는 검법이었으나, 광기에 찬 소백은 그마저도 무시한 채 중년인을 향해 천마멸천세를 펼친 것이다.

"죽여 버릴 거야… 내가 반드시……."

"누굴 말이냐? 나를? 하하하! 말했잖아."

소백이 믿을 수 없다는 표정으로 정면을 바라봤다.

분명히 죽었어야 할 중년인이 경멸어린 시선을 유지한

채 소백을 바라보며 비웃고 있었던 것이다.

"어떻게……?"

천마멸천세는 분명히 중년인을 두 동강 내다 못해 산산조각을 냈어야 했다. 그럼에도 중년인은 멀쩡히 서서 소백을 비웃었다.

"이럴 순 없어… 이럴 순 없다고!"

천마의 무공을 얻었는데 고작 저 따위 놈을 못 이긴다고?

그럴 리 없어. 저 인간말종에게 내가 질 리가 없다고!

소백의 눈동자에서 초점이 사라지는 순간, 그의 단전이 터질 듯이 부풀어 오르며 장포처럼 펼쳐졌던 검푸른 색의 기운이 이제는 불꽃의 고리가 되어 소백을 뒤덮기 시작했다.

"내가 네놈을 죽……!"

"그만해라."

따악—!

"켁!"

이마에서 느껴지는 어마어마한 통증과 함께 소백은 바닥에 처박혔다.

"으윽!"

두 개골이 쪼개지는 듯한 고통에 고개를 들어 올린 소백은 자신의 앞에 망신창이가 된 채로 서 있는 태무선을 발견했다.

"스, 스승님."

"시도 때도 없이 미쳐버리니 문제네 이거."

인상을 찡그리며 자신을 내려다보는 태무선을 뒤로한 채 소백을 주변을 둘러보았다.

어느새 그의 주변을 에워싸고 있던 안개는 사라진지 오래였다.

대신, 수십 개의 벽력탄이라도 터진 듯한 거대한 구덩이들이 소백의 주변에 새겨져 있었다.

"광기에 삼켜지지 마라. 싸울 때 만큼은 누구보다 냉정해져야 해."

"……알겠습니다."

이번에도 광기에 삼켜졌기에 소백은 입이 열 개라도 할 말이 없었다.

소백이 천마신검을 허리춤에 꽂아 넣으며 무리한 내공운용으로 몸을 비틀거리고 있을 때 사라진 안개사이로 두 명의 소녀가 모습을 드러냈다.

"안녕하십니까."

"안녕하십니까."

두 소녀는 자연스럽게 태무선의 곁으로 다가와 공손히 인사를 건네 왔다.

소녀들을 발견한 태무선은 옷에 묻은 먼지를 털어내며 말했다.

"만주는?"

"만주님은 사악교를 피해서 거처를 옮기셨습니다. 그리고 혹시나 때가 온다면 이 서신을 태 소협에게 드리라 말씀하셨습니다.”

태무선은 소녀가 내민 서신을 손에 쥐고 펼쳤다.

그 안에는 만주가 써놓은 듯한 글이 새겨져 있었다.

[안녕하세요. 교주님. 이 서신을 받았다는 것은 교주님이 무슨 수로든 천마도를 빠져나와 저를 찾아오신 거겠죠. 아쉽게도 이 서신을 받을 때쯤 저는 이곳에 없을 겁니다. 비역만을 찾아온다면 무림맹이 찾아올 거라 생각했는데, 대신 사악교가 찾아왔더군요. 저는 누구도 찾을 수 없는 곳으로 갈 겁니다. 그곳은⋯⋯.]

서신을 접은 태무선은 이를 소녀에게 돌려주었다.

“고마워.”

“아닙니다. 그럼 소협에게 도움이 되었기를⋯⋯.”

소녀들이 물러서자 태무선은 소백을 향해 고개를 돌렸다.

“새 마차를 구해야겠다.”

“목적지가 정해진 건가요?”

“그래. 북쪽으로 가야 해.”

“마부를 불러와야겠네요.”

마차를 타고 떠나버린 마부를 부르기 위해 소백이 비틀거리는 몸으로 신형을 날리려고 하자 노인이 마차를 이끌고 나타났다.

“마차가 필요한 모양이군.”

노인의 등장에 태무선이 의외라는 표정으로 노인을 올려다보았다.

"못자리는 여기라고 하지 않았습니까?"

"자네가 만주의 서신을 찾아내지 못했다면 이곳이 내 못자리가 되었을 테지. 하지만, 자네는 서신을 찾아내지 않았는가. 그러니… 내 못자리도 바뀐 셈이지."

노인의 의도를 알아차린 태무선은 가타부타 말없이 마차에 올라탔고, 소백 역시 마차에 올라탔다.

이에 늦을세라 서신을 건네줬던 소녀들이 마차에 올라타자 태무선이 황당하다는 듯 물었다.

"너희도 가는 거냐?"

"어차피 저희의 목적지는 같으니까요."

쌍둥이인 듯 매우 닮아 있는 두 소녀는 서로의 어깨를 맞대고 마차의 한쪽 구석에 자리를 잡아 앉았고, 소백은 약간 의기소침해진 얼굴로 천마신검을 품에 끌어안았다.

'광기……'

한순간이지만 이성을 잃어버린 자신을 완전히 느낄 수 있는 순간이었다.

끔찍하고도 자신을 잃는 듯한 두려운 경험.

두 번 다시는 겪고 싶지 않은 경험이었다.

'음.'

다그닥거리는 소리와 함께 출발한 마차와 함께 태무선의 시선은 먼 허공을 응시했다.

비역만이 선택한 의외의 장소. 그곳으로 향하는 태무선

의 머릿속엔 단 한 가지 생각밖엔 없었다.

'무신각이라… 상당히 귀찮아질 것 같은데.'

비역만이 선택한 장소가 무신각이라는 것보다 태무선을 신경 쓰이게 하는 것은 따로 있었다.

그것은 바로 귀찮음이었다.

"덜 귀찮게 끝났음 좋겠네."

태무선의 작은 소망을 간직한 마차는 유유히 흘러가는 장강의 강물처럼 북쪽을 향해 달려갔다.

* * *

약 사흘을 달려 나가던 마차가 제자리에 멈춰 섰다.

노인은 마차의 안쪽을 향해 조용한 목소리로 말을 꺼냈다.

"도착했네."

팔짱을 끼고 잠을 청하고 있던 태무선은 소백과 함께 마차의 문을 열고 나왔다.

마차가 도착한 곳에는 황금색의 거대한 탑이 존재했다.

두 개의 야차상이 탑을 떠받치고 있는 듯한 조각이 새겨져 있었고, 하나밖에 없는 입구에는 근육질의 사내 두 명이 입구를 지키고 있었다.

"무신각이라."

태무선은 탑의 현판에 쓰여 있는 무신각(武神閣)이라는 이름을 읊조리며 소백과 함께 입구를 지키고 있는 근육질의 사내들에게로 다가갔다.

"잠깐."

근육질의 사내들은 태무선을 발견하고는 손을 뻗어 태무선을 멈춰 세웠다.

"이곳은 무신각. 도전자인가?"

도전자이냐는 물음에 태무선은 고민에 빠졌다.

어떻게 대답해야 최대한 덜 귀찮은 방향으로 비역만의 만주를 만날 수 있을까.

고심하던 태무선은 정면 돌파를 선택했다.

"난 비역만의 만주를 만나러 왔소."

"도전자인가?"

"비역만은……."

"도전자인가? 아니면 돌아가라."

근육질의 문지기들은 태무선의 생각보다도 훨씬 더 고집불통이었다.

도전자가 아니면 돌아가라는 말을 반복할 뿐 비역만에 대한 것은 말해주지 않았다.

할 수 없이 태무선은 근육질을 문지기들을 향해 다가섰다.

"도전자요."

"이곳은 무신각. 자신을 증명한 자만이 탑을 오를 수 있다."

"증명은 어떻게 얻는 거요?"

"강자와 싸워 이겨라. 그리고 네 강함을 증명하라."

강자와 싸워 이기는 것으로 강함을 증명하라는 문지기의 말.

　태무선은 못마땅한 시선으로 문지기를 바라보다가 높다랗게 솟아 있는 무신각을 올려다보며 무미건조한 목소리로 물었다.

　"이 무신각에 있는 모든 무인들은 강자인가?"

　"무신각에는 오직 강자만이 있을 수 있다."

　"강함을 증명하면 들어갈 수 있다고?"

　"그래."

　"그러지."

　콰앙─!

　굳게 닫혀 있어 웬만한 일이 아니면 열리지 않는 무신각의 정문이 단숨에 박살나며 근육질의 문지기가 날아왔다.

　혼절한 듯 정신을 잃은 문지기를 넘어 태무선이 손목을 가볍게 돌리며 무신각으로 들어왔고, 무신각의 1층에 거주하고 있던 무인들의 시선이 일제히 태무선을 향했다.

　"그래서 만주는 어디 있어?"

　"무신각의 문지기를 공격한 것은 네가 처음이다."

　무신각의 1층에 있는 수많은 무인들 중 한명이 태무선의 앞으로 다가왔다.

　그는 흥미로운 시선으로 쓰러진 문지기와 태무선을 번갈아보며 말했다.

　"무신각에서는 단 하나의 규칙이 있다. 그건 바로……."

　쾅─!

굳게 닫혀 있어 웬만한 일이 아니면 열리지 않는 무신각 2층의 문이 박살나며 한 무인이 망신창이가 된 모습으로 날아왔다.

2층으로 올라온 태무선은 무신각의 2층에 거주하는 무인들의 앞에 나타났다.

그들은 흉흉한 기세를 흩뿌리며 태무선을 노려봤다.

"무신각에서는 단 하나의 규칙이 있다!"

창을 치켜든 무인의 외침에 태무선의 얼굴이 일그러졌다.

"여긴 다 같은 말을 하기로 약속한 거야?"

"무신각에선 허가되지 않은 싸움을 금지되어 있다! 탑을 오르려거든 탑의 주인들과 싸워 자신을 증명하라!"

"2층 주인이 누구인데?"

쿵─ 쿵─!

가만히 앉아 경과를 지켜보던 거대한 사내가 몸을 일으켜 태무선을 향해 천천히 걸어왔다.

그는 태무선이 목을 꺾어 올려다봐야 할 정도로 컸으며, 그의 몸에는 수개의 사슬들이 칭칭 감겨있었다.

"내가 무신각 2층의 주인, 철쇄자(鐵鎖者) 이문이다. 네가 내 도전자인가."

"너를 이기면 3층으로 갈 수 있는 건가."

"그래. 이길 수 있다면 말이지!"

이문은 온몸에 두르고 있던 사슬을 양손으로 부여잡았다.

이문이 사슬을 꺼내들자 2층의 무인들이 사방으로 물러서며 순식간에 두 무인이 싸움을 벌일 수 있는 공간을 만들어 주었다.

"나의 철쇄폭투(鐵鎖暴投)를 막을 수 있겠느냐!"

양손에 들린 쇠사슬에 이문이 내공을 불어넣자 힘없이 늘어져있던 굵직한 사슬들이 마치 생명이라도 얻은 듯 꿈틀거리며 솟구쳤다.

이문은 양손에 쥔 쇠사슬을 태무선을 향해 휘둘렀다.

"오랜만이네."

사슬을 이용해 싸우는 것을 오랜만에 본 태무선은 자신을 향해 휘둘러지는 두 갈래의 사슬을 향해 두 팔을 들어올렸다.

"멍청하기는……."

"쯧쯧!"

2층의 무인들은 태무선의 무모함에 혀를 차며 싸움이 끝났다 생각했다.

그도 그럴 것이 2층에 머무르는 무인들은 원해서 머무르는 게 아니었다.

이문에게 도전한 열에 여덟 명은 그의 사슬을 얻어맞고는 몸이 찢겨지거나 머리가 으깨져 죽었기 때문이었다.

그만큼 이문의 철쇄폭투는 잔인무도하고 강력한 힘을 가진 무공이었다.

하지만 누구도 예상하지 못한 일이 벌어졌다.

촤르르륵—!

태무선은 자연스럽게 이문의 쇠사슬을 자신의 두 팔로 감쌌다.

"익숙한 감촉이야."

검은 안 맞는 옷을 입은 듯 불편했다면, 사슬은 왜인지 그리운 느낌이었다.

아주 오랜만에 두 팔에 사슬을 두른 태무선은 사슬을 손에 움켜쥐고 힘껏 끌어당겼다.

"으, 으헉!"

이문은 저항할 수 없는 거력의 힘에 의해 끌려갔고, 태무선은 다가오는 이문의 가슴을 발로 짓밟아 바닥에 내리찍었다.

쿠—웅!

구경하던 무인들조차 몸이 떠오를 정도로 큰 진동과 함께 이문을 바닥에 처박은 태무선은 손에 쥐고 있던 쇠사슬을 단숨에 끊어내며 자신의 발밑에 깔린 이문을 향해 물었다.

"내가 이겼지?"

"그…래."

더 이상의 저항은 무의미했다.

압도적인 힘의 차이를 느껴버린 이문은 목숨을 건졌다는 사실에 감사하며 태무선을 올려 보냈다.

단숨에 무신각의 3층으로 올라온 태무선은 이제는 다섯 명밖에 존재하지 않는 무신각의 3층을 둘러보았다.

그래도 꽤 많은 수의 무인들이 거주하는 무신각의 1층과

2층에 비해 3층은 매우 조용했다.

각자 자신의 무공을 단련하고 있는지 무인들은 3층으로 올라온 태무선에게 관심조차 주지 않았다.

적막함이 감도는 무신각의 3층에서 태무선이 입을 열었다.

"이 층의 주인이 누구야?"

태무선의 얘기가 끝나기가 무섭게 무공을 단련하던 무인들이 동작을 멈춘 채 일제히 태무선을 바라봤다.

그리고 조용한 적막 속에서 철로 만든 부채를 쥔 노인이 태무선을 마주섰다.

"흑강선(黑强扇)일세. 이름은 없으니 그냥… 원하는 대로 부르게."

"위로 올라가려면 각층의 주인을 이겨야 한다더군요."

"끌끌… 아주 오랜만의 도전자로구나."

노인은 검은 부채를 양손에 펼치며 태무선을 향해 진한 미소를 띠었다.

깊은 주름사이로 비춰진 노인의 눈동자에서는 진한 살기가 흘러나왔다.

"오랜만에 맛보는… 피로구나!"

살기를 띤 노인의 눈빛이 번뜩이며 두 개의 부채가 마치 살아 있는 것 마냥 태무선을 향해 날아왔다.

부채는 강철로 만들어져있는지 바람을 가르는 날카로운 쇳소리가 들려왔다.

다른 이라면 부채를 피하거나 막으려했겠지만, 태무선

이 누구인가.

"별게 다 무기로 쓰이네."

부채로 무기로 쓰는 것은 처음 목도한 태무선은 자신을
향해 날아오는 두 개의 부채를 주먹 쥔 손으로 내리찍었
다.

꽝—!

태무선의 주먹에 얻어맞은 부채는 바닥에 꽂혔고, 이를
지켜보던 노인이 검게 그을린듯한 검은 이를 드러내며 웃
었다.

"핫핫핫! 칠십 평생 처음이다! 노부의 흑강선을 맨손으
로 쳐내는 녀석은!"

노인이 소맷자락을 휘젓자 바닥에 꽂혀 있던 흑강선이
노인의 손으로 빨려 들어갔다.

눈에 보이지 않는 얇고 투명한 천잠사의 실로 묶여 있는
흑강선은 노인의 의지대로 움직였고, 이 모습은 마치 이기
어검을 보는 듯 했다.

"한 번 놀아보자꾸나!"

노인이 자그마한 몸을 날려 벽을 박차고 태무선을 향해
날아들었다.

그의 손에 들린 흑강선은 날카로운 예기를 날리며 태무
선을 베어 들어왔다.

그러나 태무선은 물러서지 않고 노인의 흑강선을 향해
손을 뻗어 그의 부채를 움켜쥐었다.

"노부의 흑강선은 흑철로 만들었다! 함부로 쥐었다간 큰

코 다친다!"

흑철로 만들어진 흑강선은 엄청난 강도를 지니고 있어 맨손으로는 절대 부술 수 없었다.

"다음 층으로 올라가게 해주시오."

"그럼 나를 넘어서라!"

"흠."

노인을 때리는 게 썩 내키진 않았지만, 태무선은 지강천과 구황목을 떠올리며 흑강선을 쥔 손에 힘을 주었다.

꽈드득―!

"아닛!"

노인은 자신의 흑강선이 기괴한 소리를 내며 비틀리자 놀란 마음을 감추지 못하고 그대로 드러냈다.

그도 그럴 것이 흑철은 인간이 맨손으로 으스러뜨릴 수 있는 금속이 아니었기 때문이었다.

흑강선 하나를 완전히 으스러뜨린 태무선은 손에 쥐고 있던 흑강선을 내던지며 구석진 곳에 내려앉은 노인을 응시했다.

"핫핫! 대단하군, 대단해… 이 나이가 되도록 많은 강자들과 싸워봤지만 너와 같은 놈은 처음이다. 역시 무신각에 오길 정말 잘했군!"

흑강선을 쥔 노인은 태무선을 향해 몸을 날렸다. 흑강선에선 묵색의 기운이 자그마한 갈래로 나눠지며 태무선을 덮쳐왔다.

다가오는 노인을 향해 태무선이 주먹을 강하게 말아 쥐

며 투령무일체의 9성을 떠올렸다.

'이제 할 수 있겠지.'

손에 닿지 않던 투령무일체의 9성에 다다르며 드디어 펼칠 수 있게 되었다.

'노인네가 펼치는 것을 보고는 한동안 입을 다물 수가 없었지.'

지강천은 거대한 바위를 향해 주먹을 뻗으며 말했다.

"보아라 나의 권격은 이 거대한 바위를 부수는 것이 아니라."

지강천이 특유의 미소를 지으며 웃었다.

"집어 삼키느니라."

그의 주먹이 닿은 거대한 바위가 기괴한 소리를 내뿜으며 지강천의 주먹을 향해 빨려 들어가듯 으깨지기 시작했고, 지강천이 어깨가 앞으로 뻗어지는 순간, 거대한 바위는 산산조각 나며 터져나갔다.

넋이 나간 태무선을 보며 지강천은 의기양양한 얼굴로 말했다.

"이 권격의 이름은……."

"용연쇄격(龍嚥碎擊)."

흡기와 강격을 동시에 운용하는 최상승 권격.

태무선은 뻗어오는 노인의 흑강선을 향해 주먹을 내밀었다.

권격이라 하기엔 너무도 느린 주먹을 보며 노인은 허탈한 표정을 지었다. 자신이 생각한 패도적인 권격이 아니었기 때문이었다.

　그러나 노인의 얼굴은 실망에서 경악으로 바뀌었다.

　'이게 뭐냐?'

　노인의 흑강선이 태무선의 주먹으로 빨려 들어갔다.

　알 수 없는 기류가 소용돌이치며 노인을 강하게 끌어당겼고, 노인은 저항조차 하지 못한 채 태무선의 오른 주먹으로 끌려 들어갔다.

　"난 올라가겠소."

　태무선이 어깨를 뻗으며 주먹을 내질렀다.

　콰—앙!

　노인의 흑강선이 산산조각 나며 흩날렸고, 상대를 잃은 권기는 무신각의 벽을 뚫고 나아갔다.

　제자리에 주저앉은 채 손잡이만 남아버린 자신의 흑강선을 허망이 매만지던 노인은 상층으로 올라가는 계단을 가리켰다.

　"저 곳으로 가면 4층으로 갈 수 있다."

　3층의 주인인 흑강선의 노인을 꺾은 태무선은 4층으로 향해 올라갔다.

　"이 냄새는……."

　4층으로 올라온 태무선은 코끝을 찌르는 술 냄새에 주변을 둘러보았다.

특이하게도 4층부터는 거주하는 무인들이 존재하지 않았다. 그저, 빈 술병만이 곳곳에 널려 있었다.

"끄으으윽……."

그때 한쪽 구석에서 술병들의 산에 파묻혀 있던 사내가 머리가 지끈거리는 듯 한손을 이마에 짚은 채로 태무선을 바라봤다.

"넌… 3층 노인네를 이긴 거냐?"

"그래. 네가 4층의 주인인가?"

"끄윽!"

자리에서 일어난 사내는 숙취로 괴로워하면서도 허리춤에 메여 있는 술병을 들어 올려 마개를 열고 술을 들이켰다.

"크하앗! 그거 알아? 크흐흐… 술은 술로 깨는 거?"

술에 잔뜩 취한 남자는 술을 양껏 들이 킨 후 트름을 내뱉었다.

"꺼어억!"

"싸울 생각이 없으면 난 올라간다."

"에이… 나도 오랜만의 손님인데 이렇게 가면 섭섭하지. 게다가 싸우지 않고 올려 보내면 각주가 싫어해서 말이야."

몸을 비틀거리며 태무선에게 다가온 남자가 붉어진 얼굴로 말했다.

"난… 취광남(醉狂男)이다."

취광남이 악수를 위해 내민 손을 보며 태무선이 손을 내밀자 취광남이 태무선의 손을 움켜쥐고는 술 내음을 풍기며 웃었다.

"오랜만이야… 아니, 처음 본다 해야 하나. *끄끄극.* 미안……."

손사래를 치며 비틀거리던 취광남이 태무선을 취기어린 눈길로 바라보며 입을 열었다.

"마교의 교주를 직접 보는 것은 처음이거든."

〈다음 권에 계속〉

어울림 BOOKS 신인 작가 대모집!

어울림 출판사는 무한한 상상력과 뜨거운 열정을 가진 작가 여러분을 기다리고 있습니다.

창작에 대한 열의가 위대한 작품으로 꽃피울 수 있도록 저희 어울림 출판사가 여러분의 힘이 돼 드리겠습니다.

지금 도전하십시오!

모집 분야 : 판타지, 역사, 무협, 로맨스 등

모집 대상 : 아마추어, 인터넷 작가등 열정을 가진 모든 작가

모집 기한 : 수시 모집

작품 접수 방법 : 당사 네이버 카페 또는 이메일을 이용해 주십시오.

파일 형식은 제한이 없으나 원활한 원고 검토를 위해 '.HWP' 형식으로 보내주시고, 파일에 연락처도 함께 기재해주시면 됩니다.

채택된 작품은 정식 계약을 통해 출판물로 간행됩니다.
간행된 출판물은 당사의 유통망을 이용하여 전국 서점으로 배포됩니다.
※ 문의 사항은 **네이버 카페**(http://cafe.naver.com/oulim0120)를 이용하시기 바랍니다.

경기도 고양시 일산동구 장항동 43-55 성우사카르타워 801호
어울림 출판사 신인 작가 담당자 앞
전화 031) 919-0122 / **E-mail** 5ullim@daum.net

OULIM MODERN FANTASY

"나에 대해서 쓰는 건 어떤가?"

엄마를 잃은 어린 주혁에게 마을 어른들은 추악하기만 했다.
남은 거라곤 타고난 힘과 천재적인 능력뿐.

가족이 된 친구마저 잃은 주혁은
아픔을 딛고 세기의 작가로 성장하게 되는데…

스스로 운명을 개척해야 하는 한주혁.
죽은 친구의 마지막 소원은
사신 하데스의 제자가 되는 것!!

천재적인 작가이자 사신의 제자 한주혁.
추악한 그들에게 어떤 징벌을 내릴 것인가?

두경 현대판타지 장편소설

시크릿 호텔에
사신이 산다

어울림

"저를… 저를 두고 가지 마세요!"
한순간의 잘못된 선택으로 투신의 제자가 되어버렸다.

"마교의 교주가 될 사람은 당신뿐입니다!"
얼떨결에 마교의 교주가 되었다.

"저자가 새로운 마교의 교주입니다!"
이제는 중원의 패자! 무림맹의 적이 되었으니!

"아… 귀찮아!"

흘러가는 구름처럼, 불어오는 바람처럼.
한가로이 살아가는 것이 꿈인 투신의 유일한 계승자.
태무선의 파란만장 중원 유랑기!

새벽검 무협 장편소설

투신젼기
闘神傳記

어울림

"어디, 내친 김에 중원이라는 걸 제패해 봐?"

강호에서 흉악 범죄를 저지른 고수들을 가둬 놓는 특수 감옥,
천뇌옥(天牢獄).
천뇌옥에서 일하는 기이한 젊은이, 진운.

"저와 거래를 하시죠."

수감된 마두(魔頭)들의 무공과 세력을 흡수하며
차츰 강호의 실력자로 자라나니.
이제 진운 앞에는 복수의 길과 혈전이 기다린다.

부처와 마왕의 두 얼굴을 가진 감옥의 지배자, 진운.
그의 싸움은 이제부터다!

獄中之王
옥중지왕

혁 작가 무협 장편소설